KB113121

振教

慶神文

陶陽

천미신교
부양지부

# 천마신교 낙양지부 18

정보석 新무협 판타지 소설

초판 1쇄 찍은 날 § 2018년 10월 5일
초판 1쇄 펴낸 날 § 2018년 10월 12일

지은이 § 정보석
펴낸이 § 서경석

편집책임 § 이선근

펴낸곳 § 도서출판 청어람
등록번호 § 제387-1999-000006호
등록일자 § 1999. 5. 31
어람번호 § 제2-2755호

주소 § 경기도 부천시 부일로 483번길 40 서경B/D 3F (우) 14640
전화 § 032-656-4452 팩스 § 032-656-4453
http://www.chungeoram.com
E-mail § chungeorambook@daum.net

ISBN 979-11-316-91840-7 04810
ISBN 979-11-316-91369-3 (세트)

**18**

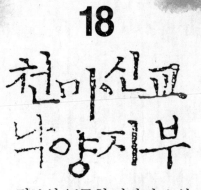

천미신교 낙양지부

정보석 新무협 판타지 소설

FANTASTIC ORIENTAL HEROES

도서출판 청어람

發勁
神文
慶陽
陶

천마신교
낙양지부

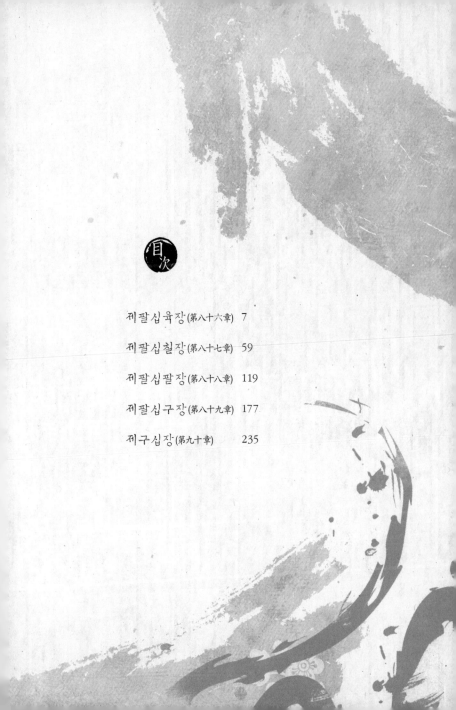

目
次

# 제팔십육장(第八十六章)

덜컹!

 사람의 허리만큼 굵은 철문이 열리고, 여러 나물이 섞인 감자볶음을 담은 철기 그릇을 든 살마백 한 명이 들어섰다.

 무거운 철공 두 개가 양 발목에 묶인 피월려로서는 절정으로밖에 보이지 않는 그녀조차 버거운 상대.

 태극지혈과 소소를 뺏기고 소림승의 봉마술(封魔術)로 마기까지 봉해진 상황에선 깨달음만 앞설 뿐 신체는 낭인 시절과 같은 수준이었다.

 그럼에도 그가 기력을 회복할까 염려한 본시시는 하루 한

끼, 그것도 텁텁한 감자볶음 외에는 주지 않았다.

지금까지 감자볶음을 먹은 건 총 다섯 번.

피월려는 본시시가 당장 그를 죽이려 하지 않는다는 것을 확신할 수 있었다.

이상한 점은 잔인한 고문이나 간단한 심문조차도 없었다는 점이다.

이를 토대로 생각하면 피월려가 내릴 수 있는 결론은 한 가지밖에 없었다.

"류서하를 기다리는 건가?"

"……"

지금까지 단 한 번도 반응을 보인 적 없던 살마백이 움찔했다.

그녀는 즉시 아무렇지 않은 척했지만, 그 작은 반응은 피월려에게 충분한 단서를 제공했다.

피월려가 말을 이었다.

"최대한 빠른 시일 내에 봤으면 좋겠군."

살마백은 멈추지 않고 굴 밖으로 성큼성큼 걸어나갔다. 이에 피월려는 기대노 안 하고 있었는데, 그녀가 한마디를 남기고 문을 닫았다.

"오늘 당도했소. 곧 볼 수 있을 것이오."

쿵.

혼자 남겨진 피월려는 한숨을 내쉬고는 가부좌를 틀었다. 그리고 언제나 그랬던 것처럼, 운기조식을 통해 몸 상태를 살피며 내력을 운용했다.

그러나 아무리 운용하려 노력해도 일말의 마기조차 운용할 수 없었다.

그는 지금까지 지속적인 성찰로 인해서 태극음양마공의 마기를 찾긴 찾았다.

그것은 깊고 깊은 곳에 큰 호수를 이루고 있었는데, 그 어떠한 자극을 주어도 조금도 일렁이지 않았고, 잔잔히 맴돌 뿐이었다.

그가 영안의 힘을 받은 용안심공으로 좀 더 관찰하자, 그 수면에 얇고 반투명한 황금색 막이 보였다. 소림승의 봉마술로 짐작되는 것인데, 그것이 피월려의 마기가 밖으로 흘러가는 것을 막고 있었다.

피월려는 그것을 뚫어내고 싶었다.

하나 어떠한 방법을 동원해도 뚫을 순 없었다. 극히 좌도적인 성격을 띤 것이기에, 그것을 뚫어내기엔 좌도에 관한 지식의 부재가 너무 컸다. 그는 포기하지 않고, 그가 떠올릴 수 있는 모든 방법을 동원했고, 또 반복했다. 그럼에도 수확이 전혀 없었다.

그렇게 몇 번이고 다시금 반복했을 쯤 수면 위에서 의식의 부름이 있었다.

피월려는 눈을 떴다.

"지독하네요. 이 상황에도 수련이라니……."

천음지체의 미모는 질리지 않는다.

하물며 오랜 시간 홀로 있었던 피월려에겐 말할 것도 없었다.

용안심공을 통해 평점심을 유지한 피월려는 입을 뗐다.

"오랜만이오, 류 대원. 독대를 청한 것이오?"

류서하는 더러운 동굴 바닥의 습기 찬 바닥이 아무렇지도 않는 듯, 피월려의 앞에 선뜻 앉아 그와 눈높이를 맞추었다.

"그래요. 마공을 잃었다 들었는데, 정말이었군요. 당신의 거짓말 때문에 상옥곡 전체가 진법을 짜고 아주 우스운 꼴이 되었었다 들었어요."

"내 연기 실력은 류 대원도 잘 알지 않소?"

떠올리기 싫은 기억을 애써 머릿속에서 지운 류서하가 딱하다는 듯 말했다.

"그런 불안정한 마공을 익혀 일이 년 새에 초절정에 이르는 고수가 된다 한들 무슨 의미가 있겠어요?"

"잃은 것이 아니라 봉해진 것이오. 또한 초절정이 아니라 천마이고."

류서하의 입술 끝은 조금 내려갔으나, 어딘지 모르게 미소로 보였다.

피월려가 망상에 빠져 있다고 생각하며 생긴 조롱과 연민이 함께 있었기 때문이다.

"항상 궁금했어요. 피 대주께선… 아니, 피 대원께선 어떻게 그렇게까지 세차게 달릴 수 있죠? 제가 모르는 이유나 목적이 있나요?"

"무슨 뜻이오?"

류서하는 피월려의 마음을 하나라도 놓치지 않겠다는 듯, 불타는 눈빛으로 피월려를 응시하며 말을 이었다.

"수명을 버려서까지 그런 희대의 마공을 익히고 단기간에 성장해야만 하는 이유가 있냐는 말이에요. 사문의 복수? 부모의 복수? 그도 아니면… 연적?"

"류 대원이 아실 필요 없소."

"대주껜 비교할 바가 아니지만, 저도 머리가 나쁘지 않아요. 제가 알기론 피 대원껜 무조건 이뤄야만 하는 목적이 없어요. 그럼에도 이렇게 무리하시는 이유가 무엇이죠?"

피월려는 류서하를 응시했고, 류서하도 피월려를 응시했다.

그는 말을 돌렸다.

"류 대원의 말 한 마디에 내 생명이 좌지우지될 상황이 오리라곤 생각지도 못했군."

류서하가 미소 지었다.

"무슨 근거로 제게 생사여탈권이 있다고 생각하시는지 궁금하네요."

피월려가 설명했다.

"본 곡주가 나를 죽이지 않은 것은 혹시라도 내 생명을 취할 경우, 천마신교와의 관계가 어찌 흘러갈지 미지수이기 때문이오. 그래서 천마신교의 내부 사정을 잘 아는 제자로 하여금 내 생사를 판결하려는 것이지."

류서하가 고개를 갸우뚱했다.

"그렇게 불확실한 경우라면 애초에 본 곡이 멸문할 것을 각오하고 피 대원을 붙잡으려 하겠어요? 그런 도박을 본 곡에서 왜 하죠?"

"그땐 내가 교주에게 해가 된다는 확신이 있었을 것이오."

"왜죠?"

"입신의 고수라 생각했기 때문이오."

"으음."

"내가 별 볼 일 없다는 걸 깨닫고 나서는, 교주에게 위협적인 존재가 아니라는 결론을 얻었을 것이오. 그렇다면 내가 이렇게 무방비로 상우곡에 올 리도 없을 터이고……. 아마 내 개인적인 행동인지, 아니면 뒤에 천마신교가 있는지, 아니면 제삼의 상황인지 명확한 판단을 내릴 수 없었을 터. 본 교의 사정을 잘 아는 류 대원에게 판단을 맡기려는 것이겠지."

류서하의 미소가 조금 불투명해져 무슨 감정인지 알 수 없었다.

"정확하세요."

"그래서 나를 살리실 생각이오, 아니면 죽이실 생각이오?"

류서하는 피월려를 빤히 보다가 웃음을 터뜨렸다.

"호호호, 좀 더 이 상황을 즐기고 싶은데요?"

"……."

"제 질문에 대답이나 해주세요."

"무슨 질문 말이오?"

"벌써 잊으셨나요?"

"내가 뭐 복수해야 할 사람이 있냐는 것 말이오?"

"그것도 포함."

"없소, 그런 거. 그저 굴러가는 대로 살 뿐이오."

"그렇다고 하기엔 너무 처절하게 구르시는 거 아닌가요?"

"기호지세(騎虎之勢)."

"아하……."

"마공을 익히고 입교한 순간부터 달릴 수밖에 없는 처지였소."

류서하가 고개를 끄덕였다.

"피 대원께서 신물주라는 소문이 사실이라 들었어요. 어쩌다가 그렇게 되셨어요?"

"모르고 한 일이오."

"너무 숨기려고만 하시네요. 제가 피 대원의 생사여탈권을 가졌다는 걸 벌써 잊으신 것은 아니겠죠?"

"……."

"말해보세요. 시간 많으니까."

방긋 웃는 류서하의 얼굴에 피월려는 한숨을 쉬고는 기억을 더듬었다.

"극양혈마공을 처음 익히고 청룡궁의 환술로 인해서 폭주하게 되었소. 이때 무영비주에게 사로잡혔는데, 같은 동굴에 전대 신물주가 있었소. 그도 무영비주를 쫓다가 그리된 것이오. 나는 무영비주와 협상을 했고, 그 대가로 전대 신물주를 죽이게 된 것이오. 신물이 무엇인지 신물주가 누구인지 전혀 모르던 시절이었지."

"이해는 잘 안 가지만, 아무것도 모르고 저지른 일이란 건가요?"

"말했잖소? 이후, 극양혈마공의 영향으로 마기에 젖지 않기 위해서, 또 살아남기 위해서 위험천만한 길을 빠르게 걸어온 것 같소. 딱히 무슨 목적이 있어 그런 것이 아니오."

류서하는 힘없는 목소리로 중얼거렸다.

"그것이 신기해요. 목적도 없이 그렇게 처절히 살아온 것이……. 알고 싶어요."

"포기하시오. 귀한 집안 출신에다 천음지체라는 오성을 타고난 소저는 평생 알기는커녕 짐작도 할 수 없을 것이오."

류서하가 받아쳤다.

"피 대원께서 없는 걸로 자랑하는 따분한 사내인 줄은 몰랐어요."

"내가 한 말이 자랑으로 들렸다면, 류 소저도 정상은 아니시오."

피월려는 맑은 눈빛으로 류서하를 응시했고, 류서하는 그 눈길을 피할 수밖에 없었다.

"…죽는 것이 두렵지 않으세요?"

"아직까진."

의외의 대답에 류서하가 물었다.

"아직까진?"

"나는 딱히 잃을 것이 없소. 그래서 달릴 수도 있었고. 그러나 최근 들어 들은 말이 있소. 내가 진정으로 잃을 것이 없는 게 아니라, 가지고 있는 것을 자각하지 못할 뿐이라고."

"……"

"자각하게 되면 죽음이 두렵게 되겠지."

"그렇게 되겠죠. 그럼 지금은 두려운 것이 없겠네요."

"그렇게 되는 것이 두렵소."

"예?"

"죽음을 두려워하게 될까 봐……. 그게 두렵소."

"……."

"내 성장은 그때 멈출 것이오. 그리고 호랑이 위에 탄 이상, 멈추게 되는 건 곧 죽음을 의미하지."

"죽음을 두려워하는 순간이 바로 죽음을 맞이하는 순간이라는 것이군요. 호호호. 꽤 멋있게 들린다고 느꼈는데, 알고 보니 삼류소설에서나 나올 법한 말 아닌가요?"

이번엔 피월려의 눈길이 땅을 향했다.

"그런 의미에선 난 이미 죽음을 두려워하고 있는지도 모르겠소."

"재밌네요. 하지만 피 대원은 죽음을 두려워하지 않는다 확신해요."

"왜 그렇소?"

"죽음을 두려워한다면 생사여탈권을 지닌 절 이렇게 대하실 리가 없어요. 안 그런가요?"

"……."

"쉽게 생각해요."

"나도 그럴 수 있었으면 좋겠구."

류서하는 잠시 말없이 있다가 피월려에게 물었다.

"피 대원께서 보시기에, 제가 고수가 되기 위해서 가장 먼저 해야 하는 것이 무엇이라 생각하세요?"

피월려는 바로 대답했다.

"귀한 출신으로 생긴 자존심을 내려놓아야 하오."

"왜 그렇죠?"

"자신을 비우지 않고 어찌 채우겠소?"

류서하의 입술이 살포시 열렸다.

"마공을 잃어버려 해탈하신 건 아니시죠?"

"아니요. 소림승의 괴상한 불경처럼 들리겠지만 사실 근본은 같소. 나를 비워야 내가 지닌 단점을 없앨 수 있소."

"그렇게 장점도 사라지는 것 아닌가요?"

"적어도 자기의 장점과 단점이 무엇인지는 자각할 수 있소."

"피 대원께선 제가 가진 자존심이 가장 큰 문제라 보시는군요."

"그렇소."

"그건 피 대원께서 천출이기에 더욱 도드라져 보이는 것뿐 아닌가요?"

촌철살인과도 같은 말에 피월려는 눈썹을 모았다.

"그건……."

"북경류가는 귀한 가문이나 이미 허물어질 대로 허물어진 상태. 자존심을 접고 자세를 낮추는 일은 본 가에 거의 매일 있던 일이에요. 그 속에서 자란 저는 그에 대한 앙금이 있을지언정 자존심을 접지 못하는 단점이 있을 거라 생각하진 않아요."

피월려는 잠깐의 사색 후 말했다.

"내가 천출이기에 그 점이 부각되어 보이는 것을 부정할 수
만은 없는 것 같소."

"그럼 그건 객관적이지 않는다는 점에서 퇴출하겠어요. 자,
다음 건 뭐라고 보세요?"

방긋 웃는 류서하를 보고 피월려는 이제야 눈치챘다.

류서하가 장난을 치고 있다는 점을.

아마 매번 우위를 내주다 이번에 처음으로 우위를 잡았으
니, 어린아이의 심리가 고개를 든 모양이다.

피월려는 적당히 맞춰주기로 했다.

"출신이 문제가 아니라면 뛰어난 오성이 문제일 것이오. 그
로 인한… 무료함."

"아, 출신과 오성. 전에 이 둘을 언급하셨군요. 그런데 무료
함이라 하심은 무슨 뜻이시죠?"

"재능이 뛰어난 자는 뭐든 쉽게 성취하는바, 그만큼 쉽게
무료함을 느끼오. 이는 원동력을 깎아먹는 치명적인 독으로,
사람의 모든 일이 재능으로만 판가름 나지 않게 되는 근본적
인 이유이오."

"오성이 뛰어난 사람은 지루함을 잘 느껴서 노력을 잘하지
않게 된다는 말을 참 어렵게 하시네요."

"······."

"그것도 역시 제겐 해당되지 않아요."

"왜 그렇소?"

"천음지체는 특수한 신체예요. 뛰어난 오성과 함께 이십을 넘기 전에 죽음을 면치 못하는 짧은 수명이 특징이죠. 이 저주를 타파하기 위해서 저는 연한신공을 익혔어요. 단순히 익히는 것을 넘어서 미친 듯 노력했죠. 왜냐하면 그것에는 나이 제한이 있었기 때문이에요. 어느 시점을 기준으로 일정 수준의 성취에 이르지 못하면 천음지체의 저주에서 벗어나지 못하죠. 어린 시절 저는 미친 듯이 연한신공에 매달렸어요. 생존을 위해서······. 그것이 주는 절대적인 원동력을 피 대원께서 모른다 하지 않으시겠지요."

"······."

"그런 점에서 그것도 탈락!"

"그럼 나도 모르겠소."

류서하는 자리에서 일어나며 몸을 빙그르 돌렸다.

"피 대원에게 한 가지 재밌는 점을 눈치챘어요."

"뭘 말이오?"

"피 대원께선 다른 사람들은 모두 장점이라 말할 것을 되레 단점으로 본다는 점 말이에요. 매번 느끼지만 참 특이한 성품이신 것 같아요."

"그야 단순한 단점이라면 이미 천음지체의 오성을 지닌 류 대원이 모를 리가 없지 않소? 또 숨겨진 단점이라도 할지라도 스스로 찾았을 것이오. 그렇다면 처음부터 당연히 단점이 아니라고 순진하게 배제한 장점이 혹 단점으로 작용하지 않을까, 살펴보는 것이 당연한 수순 아니오?"

류서하가 회전을 멈춰 다시 자리에 앉아 피월려와 눈을 마주쳤다.

"으음… 그러네요."

"……."

갑자기 가까워진 거리에 피월려는 고개를 뒤로 뺐는데, 류서하는 그대로 다가와 거리를 유지했다.

천음지체의 미모는 기력이 쇠한 용안심공이 만든 방어벽을 서서히 무너뜨렸다.

서로의 숨결이 느껴지는 거리에서 류서하가 물었다.

"그럼 제 출신, 오성을 제외한 다른 장점이 뭐가 있을까요?"

"그, 글쎄."

"사람들이 저를 보면 항상 하는 말들이 더러 있어요. 그중 가장 많이 하는 말이 뭔지 아세요?"

"……."

"선녀(仙女)."

"크흠."

류서하는 몸을 좀 더 피월려에게 가까이 가져갔다. 피월려는 몸 이곳저곳에서 느껴지는 천음지체의 한기에 당황하며 눈길을 피했는데, 류서하는 머리를 움직여 그 눈길을 바삐 쫓았다.

그녀는 고민하는 듯한 표정을 연기하며 새침하게 말하기 시작했다.

"출신과 오성으로 인한 자존심은 어찌어찌 내려놨어요. 그런데 이 미모로 인한 자존심은 확실히 내려놓지 못한 거 같아요. 기녀가 되었음에도 말이죠."

피월려는 한 가지를 겨우 기억할 수 있었다.

"혀를 깨물었다 들었는데……. 그렇게 싫었소?"

"진짜로 깨물진 않았어요. 적당히 연기를 한 것이죠."

"그래도 그렇게까지 해서 피하고 싶었던 것은 사실 아니오?"

"그래요. 그럼 피 대원께선 제가 이 미모로 인한 자존심을 내려놓기 위해서 어떻게 해야 한다고 보세요?"

"그, 그건……."

"솔직히 제 미모를 부러워하는 여자들이고 제 미모를 탐하는 남자들이고, 전부 다 하찮게 보여요. 제 마음속 깊은 곳에는 제 스스로가 고귀하고 또 고결해서 정말로 선녀가 아닐까 믿는 그런 순진한 마음이 확실히 남아 있어요. 이것을 고치지 못하면, 고수가 되지 못하겠죠?"

"……"

"상옥에서 무공을 익히면서 제가 어떤 취급을 받았는지 아세요? 전 사실 스스로를 상옥이라 부를 수도 없고, 이 상옥곡을 본 곡이라 칭할 수도 없어요. 그저 어머니의 연으로 인해서 곡주님의 제자가 되어 연한신공을 익히게 되었을 뿐, 저는 상옥과는 다른……. 조금도 상하지 않은 무결옥(無缺玉)이에요. 진설누를 아시죠? 그녀를 보니, 상옥이 되지 않고는 고수가 될 수 없던데……."

"……"

"그래도 결점이 생기는 것이 무서워요. 이왕이면……. 천음지체에 익숙한 남자에게 맡기고 싶어요. 낙양제일미와 황궁제일미 그리고 명봉까지 취한 남자라면, 제게도 무섭지 않게 해줄 수 있지 않을까요?"

"……"

류서하는 피월려의 입술에 자기의 입술을 가져갔다.

닿을락 말락 하는 그 거리에서, 아름다운 옥구슬과도 같은 그녀의 목소리가 피월려의 귀에 흘러들어 갔다.

"제게 결점을 만들어주시겠어요?"

마지막 결정타.

다행히 용안심공은 무너지지 않았다.

피월려가 말했다.

"그럴 수 없소."

애처로운 듯, 류서하가 말했다.

"왜죠?"

피월려가 대답했다.

"그랬다간 소저의 검에 죽음을 면치 못할 테니까."

"……."

피월려의 말에 류서하의 눈동자가 심하게 흔들거렸다.

그 의미가 무엇인지 피월려는 알 것 같았으나, 애써 부정했다.

피월려가 말했다.

"농을 다하셨으면 떨어져 주시오."

류서하의 표정에서 모든 감정이 증발했다.

멀찌감치 물러난 류서하는 차가운 목소리로 물었다.

"그래도 재미는 있으셨죠?"

피월려가 답했다.

"기방에서 못된 걸 배우셨소. 사람을 가지고 노는 것에 맛들지 마시오. 류 대원에겐 딱히 어울리지 않소."

"기방이 아니라 피 대원에게 배웠어요. 그 지하에서 말이죠."

"그때 자존심이 많이 상하셨나 보오? 이렇게 복수하려는 것 보면."

"지금도 많이 상했어요. 죽이고 싶을 만큼."

피월려가 담담하게 말했다.

"소저는 나를 죽이지 않을 것이오."

"어째서 그렇게 확신하시죠?"

"내가 신물주라는 것은 교주에게 칼을 휘두를 수 있는 유일한 사람이라는 뜻. 만약 이것을 곡주에게 말했다면, 곡주는 두 번 확인할 것도 없이 나를 죽였을 것이오. 지금 류 대원이 나를 가늠하는 이유는 이 사실을 곡주에게 숨겼다는 뜻이고, 그것은 곧 나를 살릴 결정을 이미 한 것이라는 뜻이오."

"……"

"마조대는 류 대원이 위험한 인물이 아니라는 결론을 내렸었소. 이는 상옥곡을 보호하려는 교주가 그 직할인 마조대에게 영향력을 행사해 류 소저를 암묵적으로 변호했을 확률이 높소. 전 중원이 격변할 앞으로의 정황상, 교주는 상옥곡을 모른 척할 순 없지. 그러나 상옥곡 출신이라는 것이 밝혀질 것을 우려하는 교주는 본인을 대신해 상옥곡과의 관계를 이어나갈 자가 필요하고 이로써 류 대원이 발탁된 것이오. 밎소?"

"계속해 보세요."

"따라서 류 대원은 상옥곡와의 관계에서 교주를 대신하여

연락하는 중추적인 역할을 하는 만큼, 교주의 직속이오. 대가
로는 뭐, 뻔하지. 북경류가의 지원 아니겠소?"

"그럼 더더욱 제가 피 대원을 죽여야겠군요."

"그렇소."

"……"

"……"

"흥, 무슨 말씀을 하고 싶은 것이죠?"

"나야말로 묻고 싶소. 왜 나를 죽이지 않소?"

"그건……."

"설마 했는데 맞을 줄은 몰랐소."

"뭐가 말이죠?"

피월려는 류서하에게 달려들어 억지로 입을 맞추었다.

류서하는 벗어나려 아등바등했지만, 그 우악한 손길에서
벗어나지 못했다.

참으로 이상한 일이다.

피월려에겐 검도 없고 내력도 없다.

그런데 그의 손길에서 벗어나지 못하다니.

류서하는 이해하지 못했다.

옷가지가 벗겨지고.

피부가 쏠리는데도.

그녀는 그의 손길을 벗어나지 못했다.

류서하가 새장의 간힌 새처럼 몸을 움츠리며 그를 바라보
자, 피월려가 부드러운 목소리로 말했다.

"날 연모하는군."

"자, 잠깐!"

류서하의 입은 피월려의 것으로 완전히 틀어 막혔다.

곧 신음인지 교성인지 모를 소리가 동굴에 가득 찼다.

그렇게 무결점의 옥엔 결점이 생겼다.


*          *          *


"실신… 했습니까?"

갑작스러운 목소리에 피월려는 옷가지를 입다 말고 고개를
돌렸다.

"주, 주 소저!"

주하는 더 커질 수 없을 만큼 커진 눈동자로, 대자로 뻗어
새근새근 잠이 든 류서하를 바라보았다. 헝클어진 옷가지로
겨우 가려진 천음지체의 몸은 그 상황에서도 미모를 잃지 않
았다.

주하의 검은 눈동자는 혐오와 놀람이 뒤섞여 복잡한 형태
를 띠고 있었다.

피월려는 얼른 옷을 입고 주하에게 다가가 그녀의 어깨에

손을 얹으며 말했다.

"주 소저, 괜찮으시오? 이곳에 있었다니……."

주하는 벌레를 보는 것 같은 눈길로 자기 어깨 위에 놓인 피월려의 손을 보았고, 피월려는 곧 헛기침을 하며 손을 떼었다.

그러자 주하의 어깨에서 피월려의 손까지 끈적끈적한 타액이 길게 이어졌다.

"……."

"……."

비도를 꺼내 접촉 부위의 옷을 무참히 잘라 버린 주하는 완전히 혐오로 물든 눈빛으로 피월려에게 말했다.

"대주의 검과 소소를 찾느라 시간이 걸렸습니다만, 그동안 아주 거사를 벌이셨군요."

피월려는 손을 옷에 닦으며 민망한 듯 말했다.

"그, 보아하니 여기 잡혀 있던 건 아닌 것 같은데……. 어떻게 오게 된 것이오?"

"류 대원과 함께 왔습니다."

"그동안 낙양지부에 있었소? 납치를 당한 것이 아닌가 했소."

"제가 말입니까? 왜 그렇게 생각하셨습니까?"

피월려가 의문을 표했다.

"그런 신호를 남기지 않으셨소?"

주하는 고개를 돌렸다.

"그건 납치를 뜻하는 신호가 아닙니다만. 그저 몸을 회복하고 은밀히 움직이느라 복귀가 늦어졌을 뿐입니다. 지부에 도착하자마자, 류 대원이 피 대주의 신변을 파악했다면서, 신물주가 된 이상 아무도 모르게 도와달라 하였습니다. 상관에 대한 충성이 남다르다고 여겼는데…… 알고 보니 연모가 이유였군요. 대주께선 참 대단하십니다. 천음지체에게 그리 인기가 많으시고."

"순수하게 나를 연모한 건, 지금까지 류 소저밖에 없소. 잘 아시지 않소? 솔직히 나도 끝까지 긴가민가했소."

"기적입니다."

"뭐, 내가 옥면은 아니지만 그래도 지금까지 만난 수많은 여인 중 한 명쯤은 나를 진심으로 연모할 수 있는 거 아니오?"

"단언컨대 기적입니다."

"……"

"받으시지요."

"그흠, 흠. 고맙소."

주하는 왼손에 든 태극지혈과 소소를 내밀었고, 피월려는 헛기침을 하며 받았다.

주하 앞에서는 왜 이리도 헛기침이 많아지는지, 피월려는 도저히 그것을 막을 수 없었다.

그런데 그런 피월려를 주하가 물끄러미 보며 말했다.

"마기가 느껴지지 않습니다. 태극지혈와 소소에 이상이 생긴 것 아닙니까?"

피월려가 설명했다.

"태극지혈과 소소 때문에 마기가 생성되지 않은 것이 아니오."

"그럼?"

"복잡한 사정이 있소. 짧게 말하면, 이미 상옥곡에 오기 전부터 마기를 봉인당했소."

중원에서 마공을 봉인할 수 있는 곳은 한 군데밖에 없다.

주하가 눈을 날카롭게 떴다.

"소림승과 마주치셨습니까?"

"죽였으나, 죽기 직전 봉마술을 내 몸에 행했소."

"그럼 상옥곡엔 마기를 쓰지도 못하는 몸으로 오신 것입니까? 왜 그런 몸으로 지부로 오시지 않고……."

"지부로 돌아가 봐야 기다리는 건 교주의 칼날뿐이오. 그리고 위기를 기회로 바꾸라는 말이 있듯, 마기가 봉해진 지금이야말로 백도세력권인 낙양 북동쪽에 위치한 상옥곡에 몰래 올 수 있는 절호의 기회였소."

"그렇게까지 해서 상옥곡에 오셔야 하는 이유는 무엇입니까?"

"첫째로는 내 의심들을 풀기 위해서. 그리고 두 번째는 주소저를 찾기 위해서였소."

"더욱 이해가 가질 않습니다."

"청룡궁에 납치된 줄 알았소. 청룡궁의 위치를 알 만한 유일한 길은 상옥곡이라 보았고."

"저를 구하러 오시려 했습니까?"

"그렇소."

"그 몸으로?"

"상황이 이렇게 반전될 줄은 몰랐소."

"참 나……."

"하하하."

머쓱한 웃음소리에 주하가 눈길을 돌려 류서하를 바라보았다.

반쯤 벗겨진 나체를 보자, 그나마 나아졌던 기분이 다시금 최악으로 치달았다.

"류 소저는 버려둘 겁니까?"

"그래야겠지. 그녀도 내가 탈출하게 된 이유를 둘러대어야 하니, 그냥 두는 것이 좋을 것이오."

"역시 실망시키지 않으시는군요. 밤을 보낸 여인을 버려두는 데 일말의 망설임도 없다니. 자신의 이익을 위해선 한 여인의 몸이고 마음이고 모조리 이용하면서 조금의 죄책감이라도 느끼십니까?"

"……."

"피 대주를 살리기 위해서 류 대원이 얼마나 많은 것을 포기하신 줄 아십니까? 게다가 굳이 거사를 치를 이유도 없지 않습니까?"

주하는 단단히 화가 난 듯 보였다. 상황이 상황인지라, 피월려는 조용히 변명했다.

"긴가민가했다 하지 않았소? 그리고……."

"긴가민가한 것을 확실히 하기 위해서 남자를 전혀 모르는 처녀를 덮친 겁니까?"

"말했다시피 우리와 한패로 몰리지 않을 이유를 만들어주기 위해선 그녀에게 험한……."

주하가 매섭게 말을 잘랐다.

"말할 겁니다."

"으응?"

"제갈 대원에게 말할 겁니다."

"……."

"서둘러 움직이십시오."

"우선 이 쇠사슬을 부숴주시오."

주하는 아미를 찌푸렸다.

"만년한철이라면 저도 불가능합니다."

"다행히 아니요. 그냥 강철로 만들어진 것이오."

"그럼 스스로 깨십시오."

"봉마술 때문에 내력을 일으킬 수 없소."

"그럼 근력으로 하십시오. 태극지혈의 예기라면 가능하지 않습니까?"

"하루의 한 끼조차 제대로 먹지 못했소."

"강철을 부술 힘은 없고, 여인을 실신시킬 힘은 있으셨습니까?"

"……."

"정말이지……."

주하는 혐오감이 가득 올라온 표정으로 피월려에게 다가갔다. 비도에 내력을 가득 담아 피월려의 발목을 옥죄고 있던 두 쇠고랑을 모두 부서뜨렸다.

"고맙소."

"내력을 일으킬 수 없다면 무공도 펼치시지 못하시는 겁니까?"

"기혈과 신체의 회복력이 상승해 있다는 점에서 유추하면 내공은 문제없소. 다만 내력을 외력인 힘으로 낼 수 없다는 것이오."

"외공을 못 쓴다는 말이시군요."

피월려는 답답했지만, 그도 그의 몸 상태에 대해 완전히 안다 할 수 없었다.

"딱 그런 건 아니지만, 거의 그런 셈이오."

"탈출이 생각보다 어려울 수도 있겠습니다. 우선 몸을 추스르고 나오십시오. 밖에서 기다리겠습니다."

주하는 성큼성큼 밖으로 나갔다.

괜스레 미안한 마음에 류서하를 뒤돌아보던 피월려는 깊은 한숨을 쉬고 발걸음을 옮겨 뒤따라 나갔다.

띄엄띄엄 있는 햇불이 겨우 밝혀주는 동굴의 복도에는 몇몇 살마백들이 죽은 듯 누워 있었다.

피월려가 그에 관해 물어보려 하자, 주하가 입에 손을 가져간 뒤 전음으로 말했다.

[기절한 상태입니다. 고수들인 만큼 작은 소리에도 깨어날 수 있으니, 조심해야 합니다.]

피월려도 전음으로 물었다.

[죽이지 않으셨소?]

주하가 말했다.

[류 대원의 조건이었습니다.]

죽이지 않고 살마백들을 처리하며 유유히 태극지혈과 소소를 회수했다?

피월려는 축하의 말을 건넸다.

[더욱 높은 깨달음이 있었군.]

[피 대주께서 말씀하신 대로 생사의 갈림길에서는 얻는 것이 많았습니다. 하지만 우선 탈출하는 데 집중하십시오.]

[알겠소.]

대략 한 식경에 걸쳐 움직인 그들은 동굴 밖으로 나올 수 있었다. 동굴에 배치된 살마백들은 이미 주하가 모두 처리한 뒤라 전투는 없었다.

밖으로 나온 주하가 말했다.

"앞으로는 큰 난관이 있을 겁니다. 전처럼 제가 어둠 속에서 엄호하려 했는데, 피 대주께서 외공을 펼치지 못하시니 그 방도가 좋지는 않을 것 같습니다."

피월려가 주변을 살피며 말했다.

"그렇게 해야 하오. 주 소저의 암공을 극대화하지 못한다면, 이 난관을 헤쳐 나갈 수 없소."

"대주께서 너무 위험합니다."

"언젠 아니었소?"

"……"

"갑시다. 길을 알려주시오."

"내력도 체력도 없어 태극지혈로 강철도 베지 못하셨습니다. 그런데 왜 이렇게 고집부리십니까?"

"……"

그녀가 이렇게까지 강하게 나온 적이 없던 터라, 역으로 피월려가 당황해 말문이 막혔다.

그가 뒤돌아보니, 안 그래도 차가운 인상을 가진 주하의 표정이 딱딱하게 굳어, 마치 갑작스러운 한파에 얼어붙은 꽃 같았다.

주하가 다시 입을 열었다.

"지금 상태로는 웬만한 살마백 두 명… 아니 한 명도 힘드실 겁니다."

"그건 부딪쳐 봐야 아는 것이오."

주하는 입술을 깨물더니 중얼거렸다.

"…그만하십시오."

"뭘 말이오?"

"그만하시라는 겁니다. 그렇게 혼자 자기 목숨을 내던지는 거."

피월려는 멍한 눈빛으로 주하를 보았다.

그리고 그 멍한 눈빛은 곧 소름 끼치는 무언가로 가득 찼다.

주하는 눈을 감아버리고 싶었지만 억지로 뜨고 겨우 받아내었다.

피월려는 성큼성큼 주하 앞으로 걸어왔다. 그럴수록 주하는 입술을 더욱 강하게 깨물며 부들부들 떨리는 몸을 다잡았다.

그녀는 도대체 왜 아무런 감정도 담기지 않은 피월려의 두 눈동자가 그리 무서운지 이해할 수 없었다.

피월려의 입이 열리고 지저갱에서 올라온 것 같은 목소리
가 흘러나왔다.

"내 목숨은 나의 것이오, 주 소저."

몸을 한차례 떤 주하가 숨을 내쉬고 말했다.

"류 대원은 피 대주를 위해 자기 사문도 포기했습니다."

"……"

"저 또한 마찬가지입니다. 교주님과……. 혈수마제와 반목
하는 것을 뻔히 알면서 대주님을 도우러 온 것입니다."

"……"

"신물주인 당신은 교주가 될 것입니다. 아니, 되어야 합니다.
제가 그렇게 만들 겁니다."

"……"

"제발 목숨을 소중히 하십시오. 부탁드립니다."

"명이오."

"제발……."

피월려의 굳은 표정이 갑자기 미소로 변했다.

"주 소저는 동쪽으로 가면서 시선을 끄시오. 무림맹까지 주
시할 정도로 화려하게. 그런 소란의 와중에 난 바로 남쪽으로
향하겠소. 등잔 밑이 어둡다고, 아예 낙양의 북문으로 들어가
무림맹 바로 옆을 지나며 유유히 남쪽으로 가는 것이 적의 허

를 찌르게 될 것이오."

그 순간 주하의 표정이 크게 밝아졌고, 그녀는 한숨을 내쉬었다.

"하아… 존명!"

피월려는 장난기가 가득한 얼굴로 말했다.

"내가 제일 잘하는 것이 내 목숨을 지키는 것이오, 주 소저. 괜한 걸 걱정하셨군. 좋은 구경이었소, 겁을 집어먹은 표정은. 꽤 신선했다오."

주하는 확 아미를 찌푸리며 말했다.

"무슨 소리를 하시는 건지 모르겠습니다."

"하하하."

피월려의 웃음소리가 커지자, 주하는 즉시 방음막을 펼쳐 소리가 퍼지는 것을 막았다. 그러자 그는 일부러 더 큰 소리로 웃기 시작했다.

주하가 내력을 운용하다 슬슬 짜증을 내려 할 때쯤, 피월려가 눈치껏 웃음을 멈추곤 태극지혈을 주하에게 내밀었다.

"낙양에 이걸 들고 다닐 순 없소. 주 소저께서 들고 계시오."

"단순한 검이 아니질 않습니까?"

"내력을 쓰지 못하는 지금은 어차피 무용지물이오. 받으시오. 검선이 탐내는 것이니, 지부에 도착하면 꼭꼭 숨겨 밖으로 가지고 나오지 마시오."

"우선은 산 아래까지 동행하는 것이 좋을 것 같습니다. 상옥곡에서 벗어난 후에 따로 움직여야⋯⋯."

피월려는 주하의 말을 잘랐다.

"바로 따로 움직이는 것이 좋소. 마기가 새어 나오지 않는한, 저들은 기감이 아니라 오감에 의존하여 나를 찾아야 하오. 흔적을 지우는 건 낭인 시절엔 밥 먹듯이 한 것이니, 걱정하지 말고 시선을 끌어주면 더욱 수월할 것이오."

주하가 태극지혈을 물끄러미 보았다.

"경공은 어떻습니까? 경공도 펼치지 못하십니까?"

"못 하오. 그저 천천히, 그리고 은밀히 움직일 것이오."

"⋯⋯."

"받으시오."

망설이던 주하는 결국 피월려의 말이 맞다는 걸 부정할 수 없었다. 그녀는 태극지혈을 받아 들고 등에 고정했다.

"생각보다 무겁군요. 그래도 움직이는 데 무리가 가진 않을 겁니다."

"다행이오."

"지부로 복귀하면 그때 뵙겠습니다."

"나는 지부로 복귀하지 않소."

"예?"

막 경공을 펼치려던 주하가 눈을 크게 뜨자, 피월려가 빙그레 웃었다.

"애초에 교주가 있기에 못 갔다 말하지 않았소. 이제 와서 돌아갈 수는 없지."

"그럼 낙양 시내로 가신다는 건, 무슨 의미셨습니까?"

"시내에 은둔할 작정이오. 교주와 검선의 일기토가 있다 하니, 그 혼란 아래 잠적하려 하오. 교주고 검선이고 내가 절대 낙양에 있으리라 생각하지 않겠지."

"너무 위험합니다."

"차라리 낙양이 안전하오. 또한 무조건 제갈 소저를 만나야 할 이유도 있소."

"봉마술을 해결하기 위함입니까?"

"그것도 포함이오."

"그럼… 교주님이 패배할 때를 노려 나오실 생각이십니까? 교주가 되기 위해서?"

주하의 말끝은 조금 떨렸다. 어부지리를 노려 교주가 되는 것은 태생마교인인 그녀에게 있어 절대 인정할 수 없는 방법이었기 때문이다.

피월려는 고개를 돌렸다.

"정반대이오. 교주가 승리하면 나올 것이오."

"무슨 뜻입니까?"

피월려가 설명했다.

"교주가 승리하면 교주는 천하제일고수가 되오. 그녀의 입지는 당대 어느 교주보다 더 단단하고 견고하게 되겠지. 그때야말로 아무도 신물주 자리에 관심이 없을 것이오. 천하제일고수가 된 교주 자신도 나 따위에 신경을 쓰지 않게 될 것이오. 나는 오히려 지금보다 교주가 승리했을 때 더 안전하오."

"그럼 교주께서 패배하시면 어떻게 하실 생각이십니까?"

"교주가 부상을 당하거나 죽으면 신물주는 말 그대로 모든 마인들의 야망이 모인 폭풍의 핵이 될 것이오. 내가 천마급이라 하나, 아무 세력 없이 그 안에서 살아남으리란 확신이 없소. 따라서 그땐 누구도 모르게 본부에 있는 신물전으로 가서 신물전의 전폭적인 지지를 받아야만 하오. 그 정도의 도움 없이는 아무것도 없는 내가 교주의 자리를 지킬 수 없겠지."

"……"

"결국 일기토의 결과가 나올 때까진 기다려야 하오. 은신할 땐 건물 꼭대기 층의 창가에 검은 천을 걸어놓겠소. 혈적현에게 상황을 설명하면 그가 알아서 도와줄 것이오."

"알겠습니다."

"명이오. 죽지 마시오."

주하는 찰나간 희미한 미소를 남기곤 포권을 취했다.

"존명."

짤막한 말을 남기고 경공을 펼쳐 움직이는 주하의 뒷모습을 보며 피월려는 복잡한 마음이 들었다.

그가 신물주임을 들은 주하는 교주와 반목하게 된다는 것을 알고도 이곳까지 찾아와 피월려를 구해내었다.

이는 그를 진정으로 섬기게 되었다는 반증.

그런 충성된 부하를 얻은 건, 피월려에게 처음 있는 일이다.

그는 너무 어색한 기분이 들어 연거푸 뒷목을 쓸었다.

"나를 대신해서 자기를 사지로 내몰았는데, 그걸 좋아하다니……."

피월려는 도저히 그녀의 마음을 이해할 수 없었다.

"혹 류서하처럼 나를 연모하는 건가? 아니지… 그건 진짜 아니야……. 나를 교주로 만들겠다는 그 말은 그런 뜻이 절대 아니었어……."

태생마교인이 아닌 이상, 아마 평생 가도 이해할 수 없을 것이다.

피월려는 쓸데없는 생각을 관두고, 걸음을 옮기기 시작했다.


*           *           *


주하 덕분인지, 서쪽으로 가는 동안 살마백과 한 번도 마주치지 않았다.

대신 여름이 지나가는 때라 그런지, 산짐승은 하루에도 수십 번이나 마주쳤다. 낙양의 북동쪽 산속에서, 피월려는 아버지의 어깨너머로 배웠던 사냥꾼의 기술로 몇몇 야생동물을 사냥했다.

그는 그 야생동물들의 움직임과 배설물로 사람의 눈에 띄지 않는 동물 간의 영역을 몇 날 며칠이고 파악하며 시간을 보냈다.

그는 자기가 무림인인 것과 추격을 당할 수도 있다는 것조차 잊어버리고, 오로지 사냥에 전념했다.

그러다 보니 어느새 스스로의 흔적을 지우는 것조차 하지 않았고 결국 마교의 마인들을 경계하던 백도고수들에게 발각당했다.

그러나 피월려는 전혀 두려워하지 않았다. 그는 완전한 사냥꾼이 되어 있었기 때문이다.

"어인 일이십니까?"

한쪽에는 고기를, 한쪽에는 가죽을 쌓아놓고 덥수룩한 가죽옷을 입은 피월려를 보며, 두 백도고수는 조금의 의심스러운 눈길도 주지 않았다.

그들 중 하나가 말했다.

"엽사인가?"

"예, 그렇습니다만. 소협들께선 이런 첩첩산중까지 무슨 일이십니까?"

"마인을 경계하고 있었다."

"마인이라 하심은……."

"그런 것이 있다. 혹 고기라도 얻을 수 있는가?"

"제값만 쳐주신다면야, 헤헤."

"흥, 간이 큰 놈이군."

그들 중 하나가 동전 하나를 던져주었고, 피월려는 그것을 얼른 받아 들었다.

그들이 고기를 모두 먹고 떠날 때까지, 단 한 번도 피월려를 의심하지 않았다.

이에 피월려는 확신을 얻고, 지게를 만들어 가죽들을 쌓은 뒤 낙양으로 향했다.

그는 북문으로 향했다.

충분히 동문으로 갈 수 있었으나, 오히려 당당히 북문으로 가는 것이 더 의심을 사지 않을 거라는 것이 이유였다. 그의 예상은 적중했고, 그는 북서쪽에 위치한 큰 객잔, 꼭대기 오 층에 방을 잡기까지 단 한 번도 무림인에게 제지를 받지 않았다.

창가에 검은 천을 걸곤 밖으로 나가 가죽을 팔기 시작했는데, 기껏해야 삼 일밖에 지나지 않은 그 가죽들은 모두 최상

급으로 취급되어 높은 값을 얻을 수 있었다. 여기저기서 그에게 높은 값을 제시하는 사람들이 많아 해가 떨어지고 나서야 겨우 방에 들어온 피월려는 그의 침상에 조용히 앉아 있는 검은 그림자를 보고 말했다.

"누구지?"

"최근 못 봤다고 친우를 못 알아보다니……."

혈적현의 목소리를 들은 피월려의 표정에 미소가 번졌다.

"잘 지냈나?"

"내가 할 소리를 하는군."

혈적현과 피월려는 손을 마주잡았다.

피월려가 말했다.

"요즘 낙양은 어때?"

혈적현은 고개를 마구 흔들었다.

"말도 못 한다. 검선과 교주가 양패구상을 당하고 나서는 백도 흑도 서로 죽을 맛이야."

"양패구상?"

피월려의 되물음에 혈적현의 입이 딱 벌어졌다.

"놀랐나? 아니, 그걸 모른 수가 있나?"

피월려가 어깨를 들썩였다.

"모를 수밖에. 요 며칠간은 완전히 사냥꾼으로 살았어. 무림의 일에 관해선 묻지도 듣지도 않았지."

"낙양에 돌아다니는 고수들을 보면 대충 감이 오잖아? 서로 상황이 어찌 될지 몰라 우왕좌왕하고 있어."

이런 혼란스러운 상황이기 때문에 모든 것이 수월했던 것이다.

피월려는 눈썹을 모으며 물었다.

"우선 주 소저는 귀환했나?"

"주하가 아니었다면 저 검은 천을 내가 어찌 알고 찾아왔겠어."

"태극지혈은?"

"검선의 눈을 피해 그 긴 검을 들고 이곳까지 오는 도박을 할 순 없었다. 정말 순수하게도, 그 검은 그 길이가 문제야."

피월려가 허탈하게 웃으며 말했다.

"그러게 말이다. 하여간 양패구상이라면 백도고 흑도고 구심점을 잃어 복잡하기 그지없겠군. 서서히 양쪽 세력 내부의 알력 다툼으로 번지지 않을까?"

혈적현은 고개를 끄덕였다.

"백도는 이미 시작됐고. 본 교도 마찬가지야. 다만 다른 점이 있다면 본 교에는 그런 혼란 속에도 중심이 있다는 점이지."

"누가 주축이 되었는데?"

"너."

"나?"

"더 정확하게는 신물주."

"……."

"백도에선 그런 게 없어서 더욱 혼란스럽지만 본 교는 그렇지 않아. 신물주라는 제도가 떡하니 있어서 힘을 갈망하는 자들의 욕망을 한곳으로 모아주지. 지금 본 교의 모든 세력은 너를 찾기 위해서 혈안이 되어 있어. 특히 지부에 있는 철부황안 후빙빙 장로는 대놓고 교권을 노리고 있지. 이를 견제하고 있는 건 아직 교주를 섬기고 있는 극악마녀 사무조 장로뿐. 실질적인 무력이 없는 그로서는 한계가 있지."

"산 넘어 산이군."

"도대체 왜 신물주임을 공표한 거야? 내게는 무덤까지 가져가라고 했으면서……."

"봉마술에 당해서 마기를 쓰지 못하는 상황이 됐어. 그때가 아니면 백도세력권 내부에 들어갈 수 없기 때문에 신물주임을 공표하고 교주의 명을 거역한 거야."

"더 설명해 봐."

퇴월러는 있었던 일들을 차찬히 설명했다. 혈적현은 그가 친우로 삼은 유일한 사람이며, 그에게 사실을 숨기는 것은 친우를 배신하는 것과 같았기 때문이다.

모든 이야기를 들은 혈적현이 고개를 끄덕이며 말했다.

"나도 제갈토를 만나봐야겠군. 혹시 아나, 팔까지 만들어줄지."

"……."

눈과 팔을 잃은 혈적현은 무공을 포기했었다. 그의 자조적인 농담에 피월려는 웃을 수 없었다.

혈적현은 얼굴을 굳히며 진지하게 말했다.

"한 가지 허점이 있군."

"역시… 네게 말한 보람이 있어. 그게 뭐지?"

"제갈토가 네 영안을 통해 모든 것을 보고 있다면, 아직까지도 백도무림에서 너를 찾지 못한 이유는 뭐지?"

"말했다시피 그는 검선을 완전히 신뢰하지 않아. 무림맹을 운용하는 데 있어 오히려 걸림돌이라 생각하는 것 같아. 그리고 나도 비슷한 입장이지. 교주와 반목하잖아? 그러니 협력의 여지를 두는 것이 아닌가 해."

"하지만 지금은 교주와 검선이 양패구상을 당했어. 즉 지금이야말로 제갈토가 날개를 펴야 하는 시기. 내 생각엔 어찌 보면 차기 교주라 할 수 있는 너를 붙잡아서, 백도 내 자기 입지를 견고하게 만드는 것이 현 상황에서 최선책이라고 보는데? 지금 이걸 다 방관하는 이유는 뭐고?"

"양패구상을 안 당했나 보지, 뭐."

"뭐? 그 근거는?"

"아니, 그냥 하는 소리야."

"……"

피월려는 귀찮다는 듯이 침상에 누워버렸다.

"피곤하군. 정말이지. 뜻대로 되는 일이 없어."

혈적현은 그를 내려다보다가 말했다.

"적어도 팔이 성한 걸 감사하게 생각해라."

피월려가 눈을 감았다.

"그렇지. 하아… 제갈미가 봉마술도 풀어줄 수 있었으면 하는데."

혈적현이 자리에서 일어났다.

"너무 오래 있었다. 의심받을 거야. 지금 내게 필요한 걸 말해라, 뭐든."

피월려가 말했다.

"난 이대로 본부에 있는 신물전까지 가야 해. 중간중간… 아마 많은 마인들이 내 목숨을 노리겠지."

말없이 그를 보던 혈적현이 나지막하게 말했다.

"수를 생각해 보겠다."

혈적현은 그렇게 빙 을 나섰다.

피월려는 그대로 잠이 들었다.

그리고 채 두 시진을 자지 못하고, 일어나게 되었다.

문밖에서 느껴지는 인기척에 피월려는 자기도 모르게 태극지혈을 찾았지만, 손에 잡히는 건 소소뿐이었다.

문이 열리고 제갈미가 뚱한 표정으로 나타났다.

"넘어뜨렸다며?"

"어?"

"넘어뜨렸다며, 류서하."

"아……."

"아? 그게 끝?"

"……."

"사지 멀쩡해 보이는구먼. 나는 갈게."

"잠깐."

피월려는 서둘러 자리에서 일어나 쏜살같이 달려 제갈미가
막 나가려는 방문을 닫았다.

날카로운 눈으로 그를 올려다보던 제갈미가 한 소리 하려
다 직전에 말을 삼켰다.

"그 눈… 설마."

"제갈토가 준 거야."

"……."

"인공 영안이라 했어."

제갈미가 즉시 고개를 도리도리 흔들었다.

"그건 미완성이었어. 이론도 채 완성되지 못한……. 수식을
어떻게 해결했지?"

"기시준이라는 자의 도움을 받았다. 박사라던데?"

"스승님?"

"네 스승이야?"

제갈미는 눈을 모으며 고개를 끄덕였다.

"수학 스승. 인공 영안을 만들기 위해선 입방근(立方根)과 삼차방정(三次方程)의 절대해법(絶對解法)을 알아야 하는데…….
스승님께서 가문의 비보를 연 것이구나! 아, 심안으로만 볼 수 있다고 했던 게 기억나는데, 혹시 네 용안으로 본 거야?"

"그보다 더 급한 게 있어."

제갈미는 방방 뛰었다.

"뭐가 있어! 네가 본 게 얼마나 대단한 건 줄 알아? 기문둔갑에서 수학은 기본 중 기본이야. 저 두 가지만 할 줄 알아도……."

피월려가 그녀의 말을 잘랐다.

"제갈토가 보고 있어."

"뭐, 뭐를?"

"이거. 지금 이 상황."

"뭐라는 기야?"

"그는 인공 영안을 통해서 내 시야를 훔쳐볼 수 있다는 말이야."

제갈미는 잠시 잠깐 굳어버린 것처럼 멍하니 있더니, 곧 피월려의 안대를 낚아챘다. 그녀는 끊임없이 중얼거리며 안대를 만지작거렸다. 그대로 침상까지 걸어가더니 자리에 앉으며 자기 머리에서 옥잠을 풀어 헤쳐 안대를 긁기 시작했는데, 그녀의 풍성한 머리가 흘러내려 한 폭의 그림을 만들었다.

제갈미는 그렇게 반각을 집중하고는 곧 땀을 훔치며 피월려에게 안대를 던졌다.

"일단 그걸로 해. 나중엔 그 선을 따라서 금실로 바느질이라도 해야 할 거야."

피월려가 그 안대를 보니, 무수히 작은 도형들로 빼곡히 그려져 있었다. 그는 조심히 그것을 썼으나, 별로 달라진 느낌은 없었다.

"이제 제갈토는 영안으로 못 훔쳐보는 건가?"

"응. 절대."

"다행이군."

"혈적현에게 대강 이야기는 들었는데, 진짜 별일이 다 있었구나."

"앞으로는 더 많을걸?"

"하아… 진짜 고달픈 놈이야."

제갈미는 머리를 뒤로 쓸면서 뒤로 반쯤 누웠다. 고혹한 자태를 뽐내는 것이 피월려의 성욕을 자극했다. 그는 겨우 참아내며 눈길을 돌렸다.

그걸 본 제갈미가 피식 웃었다.

"뭐 해, 안 달려들고?"

"으응?"

"안 달려들고 뭐 하냐고."

"그야……."

"네가 누구랑 자든 나랑 상관없으니까, 눈치 보지 말고. 혹시 나도 한 남자랑만 잠을 자는 순진무구한 여자라고 생각하는 거 아니지?"

"어, 아니지."

"근데?"

"그냥……."

"그냥 뭐?"

"아니다."

"아니면 달려들이."

제갈미의 허락에도 피월려는 이상하게도 발걸음을 쉽사리 움직일 수 없었다.

피월려는 나지막하게 말했다.

"다음에."

제갈미는 앞으로 엎어지더니 양손으로 턱을 받치고 장난기 어린 표정을 지었다.

"흐응, 뭐야? 왜 이렇게 귀엽게 나오실까?"

"귀엽게라니, 뭔……."

"신경 쓰여, 너와 류서하의 일을 내가 알고 있는 게?"

"……."

"참 나, 이런 모습은 처음이야. 너 원래 안 이러잖아?"

"……."

"아니면… 지금 상황이 쫄리나 봐? 천음지체의 여자도 눈에
안 들어올 정도로?"

정곡을 찔린 피월려는 숨을 내쉬었다.

"그게 크지."

"두려워?"

피월려가 고개를 저었다.

"두려운 건 아니야."

"그래도 여자 생각이 날 정도는 아니고?"

"긴장감은 있지."

제갈미는 그에게 천천히 다가와서 귀에다 대고 말했다.

"네가 긴장했든 안 했든 내 알 바 아니야. 오늘은 내가 남자
가 필요해. 내가 필요하니까, 적당히 좀 빠지?"

피월려는 헛기침을 했다.

"크흠. 뭐, 분위기를 망쳐서 미안하다."

"응. 좀 미안해해야 할 것 같아."

"……."

"아, 진짜 짜증 나네. 자꾸 으읍, 으읍!"

피월려가 입술을 틀어막자, 제갈미는 맑은 미소를 짓더니 그의 몸을 마음껏 탐하기 시작했다.

성교보단 봉사라고 표현하는 것이 더 올바른 표현인 행위가 한바탕 지나가고, 침상에 누워 있는 피월려의 품에 안겨 천장을 보던 제갈미가 숨을 고르며 말했다.

"어땠어, 좋았어?"

"……"

"그년보다 좋았냐고?"

"어째 역할이 좀 바뀐 것 같은데……"

"대답이나 해."

"류서하는 처녀여서 신경 쓸 게 많았지."

"아, 그래서 내가 더 좋았냐고?"

"어, 좋았다."

"됐어, 그럼."

"……"

"대충 봤어."

"뭘?"

"네 마기를 잡아먹는 봉마술 말이야. 근본은 기문둔갑이 아닌 것 같지만, 비슷비슷한 것 같더라."

"그 와중에 그걸 살펴봤어?"

"네가 열심히 하기에 상이라도 주고 싶어져서."

"……"

"일단 해결은 할 수 있을 것 같아. 근데 그쪽으로 공부할 시간이 조금 필요해. 혹시 입방근하고 삼차방정의 절대해법은 기억해?"

"용안심공으로 봐서 기억은 완전하지. 근데 그거랑 무슨 상관인데?"

"이 세상이 삼차원인 이상, 모든 기문둔갑의 방정식은 삼차로…… 됐다, 말을 말아야지. 하여간 그거나 말해봐. 그걸 알면 봉마술을 해결하는 것도 분명 빨라질 거야."

"암호문으로 되어 있어. 시작은 환사마지(還事摩之)… 위험!"

피월려의 외침에 제갈미는 허리를 뒤로 젖혔다. 그러자 그녀의 머리가 있었던 지점으로 화살 하나가 긴 선을 그리며 지나갔다.

소리조차 없었다.

제갈미는 즉시 소리쳤다.

"제갈토가 분명해. 안대에 쓴 기문둔갑이 잘못됐어! 지금껏보다가 절대해법을 내게 알려주는 걸 막는… 아앗!"

피월려는 제갈미의 허리를 붙잡고 그대로 굴러 침상 옆으로 떨어졌고, 그 위로 두 세 개의 화살이 지나갔다.

눈에 힘을 주고 화살을 살펴본 피월려가 말했다.

"제갈토가 아니다."

"그럼?"

피월려가 침상에 박힌 화살 하나를 집어 들자, 그것은 곧 힘없이 허물어져 머리카락이 되었다.

"마궁(魔弓) 누라!"

제팔십칠장(第八十七章)

침상 아래로 몸을 숙인 제갈미가 다급히 물었다.

"어느 방향이야?"

그녀를 따라 신체를 낮춘 피월려는 화살이 박힌 방향을 파악하여 제갈미에게 알려주었다.

"남동쪽."

"십이지로 말해."

"십이지로 방향을 어떻⋯⋯."

그 순간 화살 하나가 피월려의 미간을 향해 날아들었다.

푹!

용안심공으로 겨우 피한 피월려는 등 뒤로 식은땀이 흐르는 것을 느꼈다.

"자(子)를 정북(正北)으로 놓고 오른쪽으로 돌면서 열두 개로 나누면 뭐에 떨어지냐고."

제갈미의 말에 피월려는 빠르게 머리를 굴렸다.

"진(辰)과 사(巳) 사이. 사(巳)에 더 가깝다고 할 수 있겠다."

"좋아, 그 머리카락 좀 줘봐."

"뭐?"

"그 머리카락 말이야. 화살이 머리카락이라며? 진짜 운도 좋아."

"무슨 소리지?"

제갈미는 더 설명하지 않고 낚아채듯 피월려가 들고 있는 누라의 머리카락을 뺏었다.

그러곤 자기 머리카락 몇 가닥을 뜯더니 그 둘을 이상한 모양으로 꼬기 시작했다.

"됐어."

"뭐가?"

"이제 화살이 날아오는 일은 없을 기야."

너무나 단호한 말에 피월려는 의심하는 눈초리로 물었다.

"그새 기문둔갑이라도 짠 건가?"

"보면 몰라? 일단 누라라는 궁사는 사방(巳方)에선 우릴 감지하지 못할 거야. 하지만 오래 끌진 못해."

"서둘러 탈출해야겠어."

피월려의 말에 제갈미는 고개를 흔들었다.

"아니야, 오히려 여기 있는 것이 더 좋지. 집 안에 있는 이상 창을 통해서 공격해야 하니 방향이 정해져 있어. 그러니 그 방향에서만 모습을 숨기면 저쪽에선 우리가 탈출했다고 믿을 거야. 말 그대로 오리무중(五里霧中)!"

피월려가 반박했다.

"탈출 흔적을 찾기 위해서 이곳에 올 텐데?"

"아니, 그렇지 않아. 마궁이라는 별호를 보면 천마신교의 인물인 것 같은데, 맞지?"

피월려는 고개를 끄덕였다.

"흑룡대 소속의 지마급 고수야."

"지금 여긴 낙하강 북쪽이잖아. 무림맹의 영역이라고. 저쪽에서도 모습을 훤히 드러낼 순 없어. 애초에 왜 검객이 아닌 궁사를 쓰겠어, 멍청아. 그러니 요격 외에는 할 게 없어."

간만에 들어보는 멍청이라는 단어에 피월려는 피식 웃으며 말했다.

"그러네."

"그리고 방향을 생각해 봐. 남남동이잖아? 그러면 마궁은 천마신교 영역인 강남에서 이쪽으로 활을 쏘는 거야. 지마급의 마기를 풀풀 풍기면서 이쪽으로 넘어올 순 없어. 지금 같은 상황에서 지마급 고수 한 명이라도 경계선을 넘었다간 낙양은 바로 피바다로 물들 거야. 양쪽의 머리가 양패구상을 당해 그나마 소강상태에 접어들어 망정이지."

피월려는 고개를 도리도리 흔들었다.

"그것도 웃기지. 오히려 싸움이 시작되어야 하는 거 아닌가?"

"본 교에선 너무 유한 교주의 성정에 반발하는 마인들이 너무 많았고, 백도에서도 검선의 독재에 신물 난 자들이 만만치 않게 많았어. 교주도 검선도 이를 불식시키기 위해서 어쩔 수 없이 일기토를 하게 된 걸 거야. 그걸 생각하면 양패구상의 여파로 소강상태로 이어지는 게 맞아."

이는 마조대원이 말한 것과 일맥상통한다. 다른 점이 있다면 제갈미는 아무런 정보도 없이 자기가 본 느낌으로 이를 추측했다는 것이다.

피월려는 새삼스레 그녀의 지혜에 감탄하며 자기 생각을 말했다.

"어찌 됐든 나는 그 상황을 최대한 이용해야 한다. 마궁은 후빙빙 장로의 제자 격이라 들었는데, 아마 후빙빙의 명령을 따르지 않았을까 한다. 그렇다는 건 후빙빙이 신물을 노린다는 뜻이고, 이는 그녀가 교권을 마음에 두고 있다는 것이지."

제갈미는 생각났다는 듯 손뼉을 쳤다.

"아, 그 아줌마? 여장부가 따로 없던데. 지부에서 봤을 땐 진짜 교주보다 더 교주 같긴 하더라. 목소리도 엄청 크고."

피월려는 침대 위로 고개를 내밀고 창밖을 봤는데, 어디에서도 누라의 모습을 찾을 수 없었다. 신축된 건물들이 여기저기 서 있고, 각양각색의 사람들만 오가는 흔한 낙양의 풍경뿐이었다.

정말로 화살이 더 날아오지 않을 것 같다고 생각한 그가 말했다.

"그걸 생각하면 오히려 무림맹의 영역이 나에겐 더 안전할 거야. 아슬아슬한 경계선을 타고 동문이든 서문이든 빠져나가야 할 거 같은데."

제갈미가 그녀의 고운 입술을 툭툭 치며 말했다.

"서쪽으로 가. 강물이 그쪽으로 흐르니 강물을 타고 자연스럽게 떠내려가는 게 가장 은밀하지 않겠어?"

"그래, 그게 좋겠다. 너는 어떻게 할 거야?"

제갈미가 어깨를 들썩였다.

"나하고는 상관없지. 내가 신물을 가진 것도 아니고. 가기 전에 내게 스승님 가문의 비보만 알려주고 가. 그거면 나도 내 몸을 지킬 수 있을 만큼 강력한 기문둔갑을 짤 수 있으니까."

"조금 오래 걸리는데?"

"어차피 지금 상황은 마궁과 심계 아니야? 인내심 싸움이라고. 저쪽에서 올 수도 없다며?"

"그렇긴 하지."

"시간 보내는 김에 그거나 알려줘."

피월려가 고개를 끄덕였다.

"그 전에 한 가지. 주하는 왜 같이 못 왔어?"

제갈미가 대답했다.

"보는 눈이 너무 많아. 네 친우인 육대주나 네 부하인 나도 여기 오는 데 얼마나 힘들었는데? 전속대원이면 말 다 했지. 나도 기문둔갑의 도움이 없었으면 몸을 빼지 못했을 거야."

피월려가 염려스럽다는 표정을 지었다.

"설마 심문이라도 당하는 건가?"

"그것까진 몰라. 하지만 교주가 저리됐으니 거칠 것이 없는 후빙빙이 주하를 심문하지 않을 이유가 없지. 유일하게 막아설 만한 사람은 지부장인데, 지부장이야 뭐 알다시피……."

"병상에 있지."

"그것도 그런데 속을 모르겠어. 진짜 모르겠더라, 지부장은. 그래서 포기했어, 그 사람은."

제갈미조차 파악하기를 포기한 박소을의 진면목은 아마 제갈토쯤은 돼야 어렴풋이나마 보일 것이다. 아니, 그보다 더 뛰어나야 하지 않을까?

피월려가 말했다.

"우선 비보부터 다 말해줄게. 네가 말한 강력한 기문둔갑으로 주하의 신변까지도 부탁해."

"알겠으니까 시작이나 해."

피월려는 눈을 감고 용안심공을 극한으로 끌어 올려 희미하던 기억을 짜냈다.

그러곤 읊조리며 기시준의 집에서 본 그 글귀를 읊조리기 시작했다.

"환사마지(還事摩之)……."

그 말을 시작으로 끝마치기까지 오랜 시간이 흘렀다.

그 주문에는 묘한 힘이 있는지 피월려는 의식하지도 못하고 무아지경에 빠져 얼마나 시간이 흘렀는지 전혀 파악할 수 없었다.

피월려가 말을 끝내고 눈을 뜨자 그의 앞에는 그와 비슷한 모습으로 눈을 감고 무아지경에 빠져 있는 제갈미가 있었다. 눈을 반쯤 뜨고 있었는데, 그 아래로 눈동자는 없고 흰자위만 보이는 게 천음지체의 미모와 합쳐져 흡사 처녀귀신 같았다.

그렇게 대략 반 시진이 흐르자 제갈미가 눈을 떴다.

"됐어."

제갈미의 말에 조용히 그녀를 기다리던 피월려가 하품을 했다.

"드디어 끝났나 보군."

"얼마나 지난 거야?"

"나도 모르겠다. 족히 세 시진은 넘은 것 같은데."

"그 정도면 마궁도 우리가 도주했다고 믿고 철수했겠지?"

"몰라. 그나저나 봉마술은 해결할 수 있겠어?"

제갈미는 고개를 흔들었다.

"능력은 되는데 불공에 대한 지식이 부족해. 솔직히 그쪽으론 내가 영 관심이 없어서 많이 안 읽었거든. 하려면 할 수 있는데 확실하진 않아."

"성공할 확률이 얼마나 되는데?"

"그것도 계산이 안 될 만큼 불확실해."

피월려는 허탈하다는 듯 중얼거렸다.

"그럼 세 시진 동안 대체 뭘 한 거야?"

"네가 알려준 게 얼마나 값어치 있는지 너는 절대 모를걸?"

"절세신공쯤 되나?"

"내공이 필요 없는 기문둔갑에선 절세신공 이상이지. 깨달음만 있으면 내력을 키울 시간이 필요 없으니까."

"지식이 부족하다며? 그럼 내력 대신 지식이 필요한 거잖아. 그게 그거지."

"지식이 필요한 건 무공도 마찬가지고."

"참 나, 말만 들어보면 아주 천마급도 상대할 자신감이군."

"준비할 시간만 있다면야. 입신도 노려볼 수 있을 거 같은데? 지금 기분으론 그래."

"……."

피월려는 멍한 표정을 짓다가 곧 표정을 굳혔다. 제갈미의 말에는 자신감을 넘어선 확신이 있어 단순한 농담이 아니라는 것을 느꼈기 때문이다.

제갈미가 덧붙였다.

"불공에 관련된 서적을 어디서 찾아야 할진 모르겠지만, 어쨌든 여기서 나가야 하는 건 분명하지. 먼저 나갈래?"

"왜?"

"더 탐구하고 싶은 게 있어."

"여기서? 위험할 텐데?"

"그렇다고 같이 나갈 순 없잖아."

"그렇지……."

"먼저 나가. 나도 알아서 나갈 테니까."

"……."

"왜 그렇게 의심스럽게 쳐다봐?"

피월려는 의심의 눈길을 거두곤 자리에서 일어났다.

"뭐, 네 생각이 있겠지. 그럼 먼저 간다."

"응. 안녕."

제갈미는 관심 없다는 듯 눈을 감아버렸고, 피월려는 그녀를 잠시 잠깐 응시하다 이내 문밖으로 몸을 돌렸다.

그가 내려가 보니 객잔에 사람이 가득 차서 혼잡하기 이를 데 없었다.

대부분 하루 일과를 마치고 지인들과 함께 모인 것 같았다. 피월려가 슬쩍 살펴보니 식탁에는 술보단 음식이 더 많았다. 여름이 시작하는 때임을 감안해도 해가 아직 지지 않은 걸 보면 저녁때가 완전히 끝나지 않은 시각임을 알 수 있었다.

그가 조용히 나가려는데, 그를 알아본 점소이가 그에게 먼저 말을 걸었다.

"오신 여동생분께서 오늘 밤 같이 쓰시면 돈을 더 주셔야 합니다."

피월려가 말했다.

"나는 지금 떠나고 여동생만 마저 쓸 것이다. 어차피 일인 값으로 내일까지 지불했으니 계산이 다르지 않을 텐데?"

점소이가 얼굴을 굳히며 조금 큰 소리로 억울하다는 듯 말했다.

"아니, 사람이 달라졌으면 값을 다시 치르셔야지요. 그것도 남자가 쓰다 여자가 쓰게 생겼으니 값으로만 따져도 더 나옵니다."

피월려의 표정이 묘하게 일그러졌다.

지금 상황이 너무나 어색해 어찌 반응해야 할지 갈피를 잡지 못했기 때문이다.

역혈지체를 이루어 마인이 되면 몸에서 은은하게 풍기는 마기로 인해서 범인들로 하여금 무의식중에 두려움을 느끼게 만든다.

그래서 마인을 마주하고 있는 범인은 자기도 모르게 위축되어 절대로 이런 시시비비를 가리려 하지 않는다. 소림승의 봉마술(封魔術)이 얼마나 철저하게 마기를 봉인하는지 이 점소이는 그가 마인인 것은 둘째 치고 무림인이라고도 생각하지 않는 것이다.

피월려는 소림파를 인정하지 않을 수 없었다.

어찌 생각하면 삶 속에서 당연하다 할 수 있는 이런 상황에서 피월려는 실로 오랜만에 느껴보는 일상적인 대화에 쉽게 대처하지 못했다.

"얼마요?"

"예?"

"추가 비용이 얼마냐 물었소."

점소이는 헛기침을 몇 차례 하며 피월려를 위아래로 훑어보며 그를 가늠하더니 곧 손가락 두 개를 펴 보였다.

"그… 저… 두, 두 냥 더 주십시오."

피월려는 말없이 돈주머니에서 동전 두 냥을 꺼내 주었다. 그런 그의 모습을 보며 점소이가 아쉽다는 듯 입맛을 다셨다.

"그럼."

피월려의 인사말에 점소이가 갑자기 그를 불러 세웠다.

"아아아, 잠시 내가 깜박했습니다! 어저께 바뀐 게 있어서… 석 냥입니다, 석 냥."

"……"

피월려는 말없이 동전 한 냥을 더 꺼내 주고는 미련 없이 몸을 돌렸다. 그러자 점소이는 더 아쉽게 되었는지 또다시 피월려의 어깨를 잡으려 했다.

퓨슉!

"아앗!"

점소이는 손바닥에서 느껴지는 찌릿한 고통에 주춤했다. 그러곤 눈을 떠 자기 손바닥을 보았는데, 그곳엔 작은 나뭇가지만 한 두께의 구멍이 크게 뚫려 있었다.

신음 소리에 돌아본 피월려와 당황한 표정의 점소이의 눈이 마주쳤다.

"으아이악! 이아! 사, 살려주십시오! 모, 몰라봤습니다! 제, 제발!"

다리에 힘이 풀려 그대로 주저앉은 점소이가 마구 손사래를 치자, 마침 그곳을 지나가던 백도고수 둘이 그 비명을 듣고 그곳으로 빠르게 다가왔다. 둘 다 사십 정도로 보이는 중년의 고수들로 한쪽은 수염이 염소처럼 났고 한쪽은 소년처럼 말끔했다.

둘 중 무염검객(無髥劍客)이 피월려에게 말했다.

"무슨 일이지? 자네, 범인에게 손을 대다니 제정신인가? 어느 방파인가?"

피월려는 낭인 시절 항상 입버릇처럼 하던 것을 말했다.

"일인전승의 무공을 익혔을 뿐, 속한 방파는 없소."

그 말을 들은 두 고수의 얼굴에 경멸이 가득해졌다. 호염검객(胡髥劍客)이 침을 딱 뱉으며 검을 빼 들었다.

"까악, 퉤! 하긴 낭인이 아니면 이런 무식한 짓거리를 할 리 없지! 이런 짐승 같은 놈들을 무림맹원으로 받아주다니, 진짜 윗대가리들은 생각이 있는 건지 없는 건지…… 이봐, 순순히 포박을 받아라! 현행범이니 이 자리에서 죽어도 할 말 없다는 걸 잊지 말고!"

이 외침을 들은 군중이 서서히 술렁이기 시작하더니 누가 먼저랄 것도 없이 동그랗게 원을 만들었다.

무염검객이 서서히 다가와 그의 목에 칼을 겨눌 때까지 피월려는 가만히 있었다. 마치 세상 물정을 모르는 청년고수가 앞으로의 일이 두려워 어떻게 행동해야 할지 갈피를 잡지 못하는 듯 보였다.

하지만 그는 단지 남남동 쪽으로 온 신경을 쏟고 있던 것뿐이다.

"무릎을 꿇고 손을 들어라. 마혈을 짚다 잘못되어 사혈을 짚을 수 있으니 행여나 손쓸 생각은 하지 말고."

피윌려는 시키는 대로 행동했고, 곧 무염검객이 검을 검집에 넣은 뒤 두 손가락을 펴서 피윌려의 몸을 툭툭 치며 점혈했다.

무염검객이 호염검객에게 고개를 끄덕여 보이자, 호염검객도 검을 거두었다. 무염검객은 조언이라도 하듯 부드럽게 말했다.

"흐음, 생각보다 수련을 부지런히 했군, 몸이 딱딱한 걸 보니. 그런 피나는 노력을 한 이유가 정녕 아무 죄 없는 범인들의 피를 보기 위함인가? 젊은 혈기를 못 이겨서 그런 어리석은 행동을 한 듯한데, 이번에 죗값을 치르고 올바른 길로 정진하시게. 실수는 누구나 할 수 있는 것이니……."

피윌려가 말했다.

"성정이 선한 자군. 충고 하나 하지. 고개 숙여."

"뭐?"

"고개 숙이라고, 죽기 싫으면."

"……."

이상하게도 무염검객은 피윌려의 강압적인 목소리를 거부

할 수 없었다.

그는 고개를 숙이면서도 자기가 왜 그러는지 전혀 이해하지 못한 채 이상한 기분에 휩싸여 무의식적으로 자기 동문을 바라보았다.

"커어억!"

순간 동문의 목이 뚫리며 분수처럼 피가 뿜어져 나오는데, 그 모습을 보고 있으니 사지가 말을 듣지 않았다.

아무리 피월려가 마기를 사용하지 못한다고 하나 그렇게 넋이 나간 자에게서 검을 뺏기란 너무나도 쉬웠다.

"어어?"

검조차 뺏기고 몸에 힘도 주지 못하는 무염검객은 그대로 주저앉아 멍하니 피월려를 바라볼 뿐이다. 그가 검을 몇 번이나 휘두르며 그 무게에 적응하는 동안에도 무염검객은 아무것도 할 수 없었다.

사실 그는 지금껏 많은 동료들의 죽음을 본 자였다. 그럼에도 불구하고 이렇게 속수무책인 것은 동문의 목숨을 앗아간 수법을 도저히 이해할 수 없었기 때문이다. 또한 가만히 있는 피월려의 마혈을 신중하게 점혈했음에도 아무런 영향이 없는 듯 검을 뺏어 휘두르는 것을 보니 감히 대적할 생각조차 들지 않았다.

무염검객이 떨리는 목소리로 말했다.

"대협, 모, 몰라뵈었습니다! 손속에 사정을……."

피월려가 대답했다.

"저자를 죽인 건 내가 아니다. 마교의 마궁이라는 여고수이지. 복수를 하고 싶거든 대상을 제대로 알아둬."

"……."

피월려는 빠르게 무염검객에게 다가가 그의 수혈을 검날로 내려쳤다.

꽤나 거친 방법이라 무염검객은 비명도 지르지 못하고 기절했다.

피월려는 용안심공을 극한으로 운용하면서 남남 쪽에 초점을 모았다.

족히 일 리는 떨어졌을 법한 강 너머, 평온하기 짝이 없는 한적한 지붕 위에 서서 흑색 활을 잡고 피월려를 노려보고 있는 누라의 표정에는 미미한 미소가 자리 잡고 있는 듯했다.

피월려가 그녀를 마주 보며 중얼거렸다.

"대체 몇 시진을 기다린 거지? 대단하군."

그의 말이 끝나기가 무섭게 팽창하는 활시위.

곧 화살이 쏘아졌다.

정면으로 날아오는 화살은 피월려의 미간을 정확히 노리고 있었다.

피월려는 그것을 보면서도 전혀 움직일 생각을 하지 않았다.

금강부동신법조차 제대로 펼치지 못하는 지금 믿을 수 있는 수법이 무엇인지 검증해야 했기 때문이다.

소리보다 빠른 화살은 이미 피월려와 한 장 이내로 가까워졌다.

검을 잡은 피월려의 손목이 순간 일렁였다.

소리는 없었다.

내력 없이도 펼칠 수 있는 극강의 검술, 낙성이 펼쳐진 것이다.

쉬이익!

푸욱!

검에 의해서 궤도가 완전히 휜 화살이 피월려 뒤쪽 땅에 박혀 들어갔다.

피월려는 왠지 멀리서 보이는 누라의 미소가 더욱 깊어진 것 같다는 감이 들었다.

그가 나지막하게 말했다.

"이건… 인사인가?"

누라는 가만히 서서 피월려를 응시하고 있는데 그에게 더 화살을 쏠 생각이 없는 듯했다.

"사, 사람이 죽었다!"

"무림인의 짓이다, 무림인! 도망가!"

그제야 정신을 차린 군중은 사방팔방으로 소리를 지르며

도주하기 시작했다.

단순한 비무나 시시비비를 가리는 것이 아니라, 일순간 목이 뚫리며 사람이 죽었다면 구경할 생각이 사라지는 것은 당연하다.

여유가 생긴 피월려는 군중 속으로 빠르게 움직이려 했지만, 그를 두려워하는 군중들 때문에 쉽사리 몸을 숨길 수가 없었다.

피월려는 일이 꼬이는 것을 느끼며 독백했다.

"애초에 내가 아니라 백도고수들을 노렸어. 내가 마기가 봉해졌다는 걸 모르나? 아니, 아니, 그 전에 이러다가 흑백대전이라도 나면 어쩌려고. 참 엄청난 야망이야."

그는 우선 누라의 시야에서부터 벗어나는 쪽으로 움직이며 전속력으로 달리기 시작했다.

은밀히 움직일 필요도 없는 것이 검을 빼 들고 달음박질하는 그의 모습은 누가 봐도 평범하지 않았기 때문에 의미가 없었다.

수리를 지르는 군중들을 의도치 않게 이끌면서 번화가에 도착한 피월려는 우선 사람 셋 이상이 한 번에 설기 힘들 정도로 비좁은 골목을 보곤 그쪽으로 들어가 몸을 숨겼다. 해가 진 시간의 골목은 위험천만하기 그지없었지만 피월려에겐 그만큼 안전한 곳도 없었다.

골목에 몸을 숨긴 피월려가 슬쩍 뒤를 보니 이미 사방에서 백도고수들이 각양각색의 경공을 펼치며 그를 쫓고 있었다.

"하아, 어찌한다."

검을 쥔 피월려의 손에서 땀이 나기 시작했다.


\*       \*       \*


새로이 황도가 된 낙양은 그전의 번화한 수준을 넘어서는 발전을 이룩하고 있었다.

그러다 보니 대로를 기준으로 신축된 건물들이 채워지고 있었는데, 그 뒤편 골목에서는 기존에 존재하던 건물들과 보이지 않는 충돌이 일어나고 있었다.

때문에 완전히 지어지지 않은 것과 수십 년 전 지어져 스스로 허물어지고 있는 것이 뒤섞여 미로 아닌 미로를 만들어내고 있었다.

길을 걷다 갑자기 화장실이 나오질 않나, 대문을 열고 들어가면 벽이 떡하니 가로막고 있지를 않나, 사람에게 필요한 최소한의 질서조차 존재하지 않았다. 처음 들어선 사람은 동서남북을 전혀 가늠할 수 없고, 길을 잘 찾는 사람들조차 방향을 판단하기 어려웠다.

황도로 발전하며 개봉과 같은 불야성이 된 낙양의 뒷모습에는 그 화려함만큼이나 큰 그림자가 있었다.

외부인에게 한없이 잔혹한 낙양의 골목은 그 어두운 뒷면이 서식하기 딱 좋은 곳으로, 이미 수많은 파락호들의 성지가 되고 있었다.

낙양 북쪽을 다스리게 된 무림맹에선 그곳 역시 질서를 잡아보려 했으나, 안락한 생활을 하며 무공에만 정진한 백도문파 제자들의 사고방식으론 도저히 불가능했다.

마침 안양의 일로 무림맹에 가입한 천 명의 낭인들은 그런 쪽으론 매우 익숙했다.

어차피 무림맹에선 그 천 명의 낭인들을 마땅히 처리하기도 애매했기 때문에 이 뒷골목을 정리하는 일로 돌렸다.

그러자 확실히 효과가 있어 무림맹에선 어부지리라 생각했다.

하지만 실상은 완전히 반대였다.

오히려 그들이 무림맹의 뒷배를 믿고 더 행패를 부리는 실정이 되어 안 그래도 척박한 생활수준이 더욱 떨어지게 되었다

이것 때문인지 무림맹 안에선 자연스레 일종의 신분 같은 것이 생겼다.

부유한 낙양인들의 치안을 담당하는 정식 무림맹원과 가난한 뒷골목에서 파락호 행세를 하는 낭인 출신 무림맹원, 이

둘의 간격은 지금도 커지고 있는 중이다.

때문에 전자에 속하는 구파일방 및 오대세가의 고수들은 그 골목에 들어가는 것조차 불쾌하게 생각했다.

뿐만 아니라 그곳 상황을 전혀 모르는 이상 오히려 그 안에 들어가 무슨 봉변을 당할지도 몰랐다. 무림맹에서 명령이 떨어졌어도 그들의 자존심과 염려는 수그러들지 않았기에 그들은 절대로 뒷골목에 들어가지 않았다. 보는 눈이 있어 명목상 들어가도 대로가 보이지 않게 되는 거리까지만 들어가 멈춰 섰다 다시 돌아오기 일쑤였다.

하지만 그들과 다르게 낭인들은 적극적으로 피월려를 찾기 시작했다.

명령만으론 그들이 제대로 움직여 주지 않을 거라는 걸 안 무림맹에서 거액의 현상금을 걸었기 때문이다. 이에 낭인들을 필두로 한 파락호들의 움직임이 낙양 뒷골목에 전염병처럼 퍼지기 시작했다.

소문은 빨랐다.

혼잡하기 이를 데 없는 그곳은 모든 것이 자연스레 느려지는데, 유일하게 빨라지는 것이 있다면 그것은 소문이었다. 언제라도 죽음이 찾아올 수 있는 위험천만한 곳의 주민들은 생명을 보존하는 데 있어 너나 할 것 없이 전문가들이었으며, 그렇기에 일대를 뒤덮는 큰 정보에는 바퀴벌레같이 민감했다.

그 때문인지 피월려는 그가 가는 곳마다 문과 창이 닫히는 소리를 들어야 했다.

이미 그에 대해서 소문을 들은 주민들이 그의 모습을 확인하자마자 행여 휘말릴까 소통을 단절하는 것이다. 때문에 도저히 쉴 곳을 찾을 수 없던 피월려는 계속 움직였고, 그 결과 지금의 상황에 봉착했다.

"저 수레… 벌써 세 번째 보는데."

피월려는 자기가 길을 잃었다는 것을 인정하지 않을 수 없었다.

그는 무작정 하늘로 올라가 지형을 살펴보고 싶었다. 하지만 그렇게 높은 곳에서 몸을 드러내는 순간, 그를 본 무당과 고수들이 즉시 유풍살을 쏘아 보낼 것이며, 누라도 가만히 있지는 않을 것이다.

내력도 쓸 수 없는 현 상황에서 그 둘을 온전히 방어할 수 있는 수단은 낙성뿐인데, 그것도 몇 개나 막을 수 있을지는 미지수다.

낙양 골목의 혼란스러움은 마치 진법에 빠진 것 같은 착각이 들 수준이었다.

피월려는 더 이상 도망치는 것은 의미가 없다고 생각하고 좀 전에 봐둔 곳으로 되돌아가기 시작했다. 이 비좁은 낙양의 뒷골목에서 그나마 꽤 넓은 곳으로, 홀로 다수를 상대하기엔 그곳만큼 좋은 곳이 없었기 때문이다.

　그렇게 조금 걸었는데, 딱 그쪽으로 가는 길목에서 한 남자가 팔짱을 끼고 길을 비켜주지 않았다. 단 한 명으로도 꽉 차는 것처럼 느껴지는 그 길의 너비는 비좁다는 표현도 부족했다.

　피월려는 뒷골목에 들어오고 나서부터 한 번도 이렇게 사람을 만나지 못했다.

　그와 눈이 마주치기도 전에 회피하거나 자리를 뜨기 일쑤였기 때문이다. 대놓고 길을 막고 있는 것을 보면 그에게 용무가 있는 것이 분명했다.

　피월려가 뭐라 말하기 전에 그 사내가 먼저 입을 열었다.

　"이봐, 무림인인가?"

　언뜻 보기에는 아무런 무기도 없는 것 같았지만, 이는 피월려를 안심하게 만들려는 얄팍한 수작인 것을 피월려는 잘 알았다.

　낭인 시절 한두 번 겪어본 일이 아니기 때문이다.

　피월려가 칼을 빼 들고 말했다.

　"용무 없으면 그냥 비켜라."

　그 사내가 하늘을 올려다보며 광소했다.

　"크하하하! 내가 왜 용무가 없겠나! 본 적도 없는 외부인이 들어와서 주민들이 불안에 떨고 있는데, 나라도 나서서 해결해 줘야지! 안 그런가? 별다른 이유가 없다면 어서 썩 꺼져라!"

피월려는 그의 행색을 세밀하게 살폈다.

"연기 실력이 너무 떨어져서 속아주고 싶을 정도군."

"뭐?"

"몸속에 검을 숨긴 게 너무 티 나잖아? 그리고 억양도 북쪽 냄새가 너무 심한데? 낭인 출신 무림맹 소속이군. 따뜻하고 안락한 주인님의 집에 들어가니 꼬리를 살랑살랑 흔들 맛이 제법 나지? 괜한 일에 목숨을 버리지 마라."

피월려의 도발에 얼굴이 붉으락푸르락해진 그 낭인은 허리 띠를 풀고 속에 품고 있던 검을 꺼냈다.

"미친놈, 이 비좁은 곳에서도 네 검공이 통할 거 같으냐?"

"이상한 일이군. 내게 개인적인 원한도 없으면서 왜 위험을 자초하지? 현상금이라도 걸려 있나?"

그 낭인은 피월려의 말을 무시했다.

"애들아, 쳐라!"

그의 말이 끝나자마자 피월려의 뒤쪽에서 세 명 정도 되는 파락호들이 길을 막았고, 그 사내 뒤에서도 두 명 정도가 더 나타났다.

피월려는 어깨를 들썩였다.

"죽는 방법도 여러 가지야."

그가 자세를 잡자 순간 파락호들의 눈빛에 긴장감이 떠올랐다.

아무리 그래도 살인을 밥 먹듯이 하는 무림인을 상대하기에는 두려움이 앞선 것이다.

"뭐 하냐! 쳐!"

낭인의 외침에 그나마 용기를 얻은 한 명이 소리를 지르며 피월려에게 달려들었다.

"우, 우아아! 으아! 아악!"

퍼억!

피월려는 죽일 마음도 안 생겨 그 파락호의 얼굴을 주먹으로 후려갈겼다.

그러자 파락호가 나동그라졌다.

그 뒤로 파락호들이 달려들기 시작했고, 피월려는 하품까지 하고 싶어졌다.

그 순간이었다, 용안심공이 경종을 울린 건.

피월려가 다시 눈에 초점을 맞춰 파락호를 봤는데, 파락호들 사이에 있던 한 사내의 눈빛이 너무나도 다르게 보였다. 그 눈빛은 파락호의 것이라고 하기에는 너무나 진중하고 날카로우며 또한 깊었다.

피월려에게 주먹을 휘두르던 파락호의 배를 뒤에서부터 가르고 튀어나온 검날에 순간 벼락같은 빛이 번쩍였다.

쿠— 궁!

"크윽!"

찌릿한 고통과 함께 극양혈마공의 마기가 크게 일렁이며 일
순간 몸을 보호했다.

피월려가 당한 봉마술은 내력을 사용하여 외공으로 쓸 수
없는 것이지 내공 자체에 문제가 생기는 건 아니기에 외부의
기운에 저항하는 힘은 그대로였다.

범인이라면 이미 검을 놓치고 다리를 절었을 만큼의 감전이
었으나, 피월려는 신음 한 번과 일순간의 주춤거림으로 완전
히 털어냈다.

그리고 빠르게 자세를 다잡는데 그의 눈앞에 또다시 빛이
일렁이는 것이 보였다.

피월려는 검을 휘둘러 낙성을 펼쳤다.

쿠— 궁!

번개가 생성되어 피월려에게 일직선으로 떨어지다가 갑자
기 피월려가 휘두른 검의 궤적을 타고 곡선으로 휘기 시작했
다.

그 번개는 결국 뒤에서 피월려를 공격하려던 파락호의 머리
를 직격으로 강타했고, 갑자기 봉변을 당한 그 파락호는 온몸
의 털이 곤두서는 것을 마지막으로 느끼면서 비명도 지르지
못하고 그대로 감전사했다.

검으로 번개를 뿜은 고수의 눈동자가 두 배로 커졌다.

"아, 아니!"

"종남파로군."

"어떻게 태을검기를……."

종남파 고수의 표정은 마치 귀신이라도 본 듯했다.

그가 당황한 틈을 탄 피월려는 빠르게 그 고수의 안으로 파고들었다.

챙!

채— 앵!

챙!

퓨— 슉!

종남파 고수는 피월려와 총 세 번의 검격을 교환했지만 순수한 검술에 있어 너무나 큰 실력 차이 때문인지 그 이상을 끌지 못하고 단전이 뚫렸다.

"크억! 쿨럭……."

피월려가 피를 토하는 종남파 고수의 어깨너머로 보니 처음 길을 막아섰던 자는 이미 저 멀리 줄행랑을 치고 있다. 그 얄미운 모습에 선천지기를 끌어 올려서라도 검기를 날리고 싶어졌다.

"경공도 보법도 안 되니 이거 원……."

그나마 다행인 것은 그 남자가 도망간 길이 피월려가 미처

발견하지 못한 새로운 길이라는 점이다. 뒤돌아 걸으니 그 갈림길이 보이지 아마 원래대로 돌기만 했다면 절대 발견하지 못했을 법한 위치에 있었다.

피월려는 줄행랑치는 사내를 재빠르게 쫓으며 중얼거렸다.

"종남파씩이나 되는 놈이 파락호들과 같이 움직이다니… 이상한데."

사실 그건 이상함을 넘어서는 일이다.

중소문파의 백도고수들조차 낭인과 자신들을 벌레와 사람을 구분하듯 구분한다.

구파일방과 오대세가의 고수라면 낭인과 같이 검을 휘두르기는커녕 대화하는 것조차 수치스러워 혀를 깨물어도 과장이 아니다.

그들이 생각하는 파락호는 언제 죽어도 전혀 상관없는 벌레들, 딱 그 정도이다.

그렇기에 단순히 기습하기 위해서 앞에 있던 파락호의 몸을 뚫어버리는 데 전혀 주저함이 없었던 것이다.

그걸 보면 피월려를 공격한 종남파 고수가 특별히 낭인과 파락호들에게 관대한 사람인 것은 아니다. 그런데도 그들과 함께 같은 계획에 동참하여 움직였다면 이는 필히 다른 이유가 있는 것이다.

피월려는 쉽게 그 이유를 생각할 수 있었다.

"벌레들과 같이 움직일 정도로 복수를 하고 싶었던 것이지. 객잔의 그 두 명이 종남파였군."

생각을 마친 피월려는 도주하는 사내와 충분히 가까워진 것을 보고 검을 던졌다.

"아악! 으아악!"

줄행랑을 치던 사내는 갑자기 전신을 뒤흔드는 고통에 다리가 꼬여 철퍼덕 넘어졌다.

그는 팔에서 느껴지는 엄청난 통증에 얼굴을 찡그리며 세상이 떠나가라 비명을 질렀다.

피월려는 금세 그를 따라가 그의 왼팔에서 검을 뽑았다. 그리고 그 사내의 목에 검을 겨누니 사내가 뚝 하고 비명을 그쳤다.

"사, 살려주십시오, 대인!"

"무림맹 소속인가?"

"아, 그, 그것이……"

"눈치 보지 말고 진실을 말해라. 무림맹 소속이든 아니든 달라지는 건 없으니까."

그 사내는 빌 듯 두 손을 비비려 했다.

다만 관통된 왼팔을 움직일 수 없어 한 손만 허공을 휘적거릴 뿐이었다.

"눈치 본 것이 아, 아닙니다. 단지 뭐라 말씀드리기가 어려워……."

"무슨 뜻이지?"

"지금 뒷골목이 무림맹의 지배를 받고 있어 제가 무림맹의 일을 하긴 합니다만, 제가 무림맹의 일원이라고 말하긴 어렵다는 뜻입니다."

피월려는 그의 말을 이해했다.

"원래 낙양에서 활동하던 낭인이로군."

"예, 예. 이곳에서 태어나 자랐습니다."

"그럼 길을 잘 알겠군."

살아날 길이 보인 그 사내의 얼굴이 마치 햇빛이 비춘 것처럼 환해졌다.

"그렇습니다! 암, 그렇고말고요! 이곳만큼은 저처럼 길을 잘 아는 사람도 없습니다! 대인, 대인의 길잡이가 되겠습니다! 살려만 주십시오!"

"좋아."

피월려는 그 사내의 왼쪽 어깨를 툭툭 치며 점혈했다.

고작 잡공서를 몇 번 읽은 것으로 점혈을 배운 그의 솜씨는 그리 좋지 못해서 출혈만 멈췄을 뿐 고통은 한층 더 강해졌다.

"악! 으윽, 윽!"

"일어나서 앞장서라. 쓸모가 없으면 바로 목을 벨 테니까 그렇게 알고."

"예에. 으, 으윽."

그 낭인은 정신이 혼미해지는 가운데 겨우 몸을 일으켰다.

피월려가 말했다.

"우선 낙하강으로 가고 싶다. 강가로 갈 수 있나?"

그 낭인이 고통을 참으며 대답했다.

"강까지 뒷골목이 이어지진 않습니다. 또 강변에는 무역이
활발하여 무림맹 고수들이 많습니다."

"무림맹 고수야 어차피 나를 추격하고 있는데?"

"그들은 뒷골목까진 들어오지 않으니 대인에겐 오히려 뒷골
목이 더 안전할 겁니다."

"방금 종남파 고수는 뭐고?"

"그건 저도 잘……."

그 낭인은 살기 위해서 좋은 대답을 찾았지만, 도저히 찾을
수 없었다.

그도 왜 그 종남파 고수가 다른 무림맹 무인들과 다르게 뒷
골목 안까지 들어왔는지 몰랐기 때문이다.

다행히 피월려는 답을 알고 물어본 것이라 그의 목을 베진
않았다.

적어도 그 낭인이 아직까지 거짓말을 하지 않은 것도 한몫
했다.

피월려가 말했다.

"뭐, 됐다. 그럼 일단 가까운 수로 쪽으로 안내해라."

"수로를 통해서 강으로 나가시려는 겁니까?"

"그래."

"알겠습니다. 그럼 강으로 통하는 수로로 안내하겠습니다."

그 낭인은 왼쪽 어깨를 쓰다듬으며 걸음을 옮기기 시작했다.

피월려는 검을 빼 들고 주변을 경계하면서 그를 따라 움직였다.

그런데 걸음이 너무 느렸다. 고통에 신음하며 몇 발자국을 걷다가 괜히 호흡을 거칠게 하며 쉬기를 일쑤. 답답함을 느낀 피월려는 그의 목에 검을 가져갔다. 서늘한 예기를 느낀 낭인의 얼굴에 핼쑥해졌다.

"히익!"

"걷는 데 이 검이 도움이 될 것 같군."

"요, 용서해 주십쇼, 대인. 빨리 걷겠습니다."

그 낭인은 그렇게 말한 후 세 배는 빠른 속도로 걷기 시작했다.

갑자기 치고 나가는 꼴에 피월려는 얼굴에 쓴웃음을 그리며 그를 따라갔다.

그 낭인이 걸어가는 길은 기상천외했다. 문이 버젓이 있는

데 그 아래 뚫린 구멍으로 지나가기도 하고, 벽이 무너진 듯한 곳을 지나니 또 다른 다른 길이 나오기도 하고, 길옆에서 갑자기 일가족이 식사하는 안방이 나오기도 했다.

풀죽을 떠먹는 더러운 몰골의 아이는 피월려와 낭인이 바로 옆으로 지나가는데 아무런 관심도 없다는 듯 시선 한번 마주치지 않았다.

그렇게 어느 건물의 넓은 지하로 들어간 낭인은 한쪽 구석에 놓인 사다리를 탔다.

위쪽은 막힌 듯 보였는데, 그가 쿵 하고 위로 치자 나무문이 덮개처럼 열렸다.

"이쪽으로 올라오십시오."

그렇게 말한 낭인은 그 안으로 모습을 감추었고, 피월려도 그 낭인을 따라 사다리를 타고 올라갔다.

쿵!

막 그가 나가려는데 먼저 올라간 그 낭인이 위에서 나무문을 닫아버렸다.

완전히 갈 곳을 잃어버린 피월려의 얼굴에 썩은 미소가 자리 잡기까지 찰나도 지나지 않았다.

"재밌어."

순간 피월려는 아래서 누군가 잡아당기는 듯한 기분을 느꼈다.

그가 아래를 보니 종남파 고수로 보이는 사내가 사다리의 다리를 잘라 버려 꼼짝없이 떨어지게 된 것이다.

높이는 대략 일 장 정도.

피월려는 철검을 빼 들고 그 사내의 정수리를 노렸다.

서— 걱!

피월려의 검을 가볍게 잘라낸 종남파 고수의 검에 황색의 기운이 넘실거리고 있다.

어기충검으로 내력을 검에 주입했기에 아무런 내력도 뒷받침되지 못한 피월려의 철검을 손쉽게 잘라낸 것이다.

문제는 그뿐만이 아니었다.

"윽."

철검을 타고 올라온 전기는 피월려 손목 신경을 일순간 마비시켰고, 때문에 그나마 남아 있던 잘린 철검조차 놓치게 되었다.

종남파 고수가 짤막하게 외쳤다.

"죽어라."

얼굴을 향한 정면 찌르기.

아래로 몸이 떨어지고 있는 상황에신 용안심공도 피학 방법을 찾아내지 못했다.

어차피 죽을 상황.

피월려는 가까스로 품속에서 소소를 꺼내 그 검을 아래에서 위로 쳐냈다.

서— 걱!

아쉽게도 소소는 잘려 나갔겠지만, 검로는 어느 정도 위쪽으로 바꿨을 것이다.

그렇게 생각한 피월려는 고개를 숙이며 종남파 고수의 다음 검격을 예상했다.

하지만 이상하다.

용안심공을 극한으로 발휘하고 있어도 도저히 종남파 고수의 다음 수를 예측할 수 없었기 때문이다.

탁.

피월려가 바닥에 착지하기까지 그 둘은 침묵을 지켰다.

"……."

"……."

피월려는 이해했다.

용안심공이 다음 수를 예측할 수 없던 것은 어찌 보면 당연했다.

다음 수가 없었으니까.

사선으로 깨끗하게 잘려 나간 검을 도저히 믿지 못하겠다는 눈으로 응시하던 종남파 고수가 나지막하게 물었다.

"무, 무슨 수법이지?"

피월려도 어이가 없기는 마찬가지. 그는 왼손을 들어 그가

들고 있는 소소를 보았는데, 소소에는 작은 티 하나 존재하지
않았다. 오로지 그 위로 반투명한 역화검(逆化劍)의 소름 돋는
예기(銳氣)만이 낮게 으르렁거리고 있을 뿐이다. 피월려는 그
것을 바라보고 있는 것만으로도 정신과 마음이 반토막 나는
기분을 느꼈다.

소림승의 배를 뚫었던 그 검.

그는 겨우 시선을 돌려 종남파 고수를 보았다.

마침 종남파 고수도 막 역화검에서 시선을 돌린 직후였다.

그 둘은 동시에 거친 호흡을 내뱉었다.

"허억, 허억!"

"허억, 허억!"

그렇게 총 여섯 번의 호흡을 서로 내쉬기까지 그들은 움직
일 생각을 하지 못했다.

종남파 고수가 먼저 입을 열었다.

"말 그대로 심검(心劍)…… 그것으로밖에 표현되지 않는 검
이군."

"심검은 마음을 꿰뚫는 검. 이건 다른 거다. 개인적으론 신
검(神劍)이라 부르고 싶군."

피월려의 말에 종남파 고수가 잘린 검을 옆으로 버리며 말
했다.

"둘 중 무엇인지 내가 친히 확인해 주마. 심검마!"

그 고수는 두 주먹을 꽉 쥐고 정권을 내질렀다.

눈으로 좇을 수도 없는 그 속도는 절정의 권사가 아니라면 흉내 낼 수조차 없는 수준.

이는 종남파가 자랑하는 벽운천강수(碧雲天剛手)로 벼락에 관련된 종남파 검공의 전재무공(前提武功)이었다.

천지에서 구름이 생성되고 이것에서 벼락이 나오는 이치를 담은 종남파 무공은 천지를 담은 내공심법으로, 구름을 담은 권공을 통해 벼락을 담은 검공까지 이어진다.

하나 순서가 그렇다고 해서 벽운천강수의 위력이 검공의 그것보다 떨어지는 것은 아니다. 종남파에는 권공만 익히는 많은 수의 권사도 있었고, 그들 중에는 초절정을 이룩한 고수도 있으니 그 누구도 종남파의 권공을 검공 아래로 생각하지 않았다.

피월려는 종남파 고수가 검공과 권공 양쪽에 모두 큰 성취를 이룩한 고수라고 느꼈다.

그 놀라운 심검을 보고도 두려워하기는커녕 자기의 실력을 확인하고 싶어하는 수준이라면 아무리 적게 주어도 초절정을 눈앞에 둔 절정고수가 분명했다.

그렇게 생각을 마친 피월려는 순간 심장이 덜컹 내려앉는 기분이 들었다.

아서라, 월려야.

이미 초절정인데 자각하지 못했을 수도 있지 않은가?

그렇게 당하고도 아직도 헤어 나오지 못했느냐.

전엔 내가 저 고수의 입장이었다.

방심은 금물.

아니, 죽음이다.

피월려는 마음을 가라앉혔다. 그러자 방금 전까지만 해도 보이지 않던 길 하나가 보였다.

그는 속으로 웃었다.

용안심공을 대성하여 수천, 수백의 길을 보면 뭐 하나?

자만심 하나로 모두 가려지는데.

아니, 애초에 자만하지 않게 된 것이 대성한 용안심공의 영향 때문이 아닌가?

그로 인해 자만심으로 가려진 길조차 보이게끔 하기 위해서.

이래서 심공이 무서운 게지.

피월려는 새로이 보인 길로 소소를 밀어 넣었다.

쿠구궁!

터무니없게도 하늘도 가려진 그 지하에서 있을 수 없는 벼락이 떨어졌다.

그 벼락은 종남파 고수의 머리에서부터 발까지 모두 감전시켜 그 자리에 몸을 완전히 굳게 만들었다.

그리고 그 덕분에 그는 목숨을 건졌다. 피월려가 찌른 심검의 끝이 그 종남파 고수의 미간 바로 앞에서 멈췄기 때문이다.

만약 그 종남파 고수가 감전되지 않았다면 그 심검에 머리를 들이밀고 미간이 뚫렸을 것이다.

그 종남파 고수는 눈을 감지도 못하고 그대로 옆으로 쓰러졌다.

피월려가 외쳤다.

"종남신검(終南神劍)!"

종남신검 태을노군.

종남파 장문인이며 지금의 종남파를 있게 한 장본인이다.

지하의 입구에서 위풍당당한 모습으로 서 있는 태을노군은 마치 가도무와 비슷했다.

다만 다른 점이 있다면 그 가공할 마기가 위력적인 뇌기(雷氣)로 대체되었다는 점이다. 그의 검에는 아직도 뇌전(雷電)이 서려 있어 공기를 태우는 소리를 내었다.

"잘 있었는가, 심검마? 이번엔 결단코 내 검을 벗어날 수 없을 것이다."

쾅!

태을노군은 검을 크게 휘둘러 분광검강(分光劍罡)을 내뿜었고, 그것은 지하의 입구 주변을 완전히 무너뜨려 그 공간을 완전히 봉쇄했다.

그렇게 그나마 비추던 햇빛이 사라지자 지하는 어둠에 가려지기 시작했는데, 그 때문인지 태을노군의 전신에서 빛나는 뇌기가 더욱 도드라져 보였다.

피월려가 말했다.

"오늘은 비도 안 오는데 하늘까지 가려진 이곳에서 내 검을 상대할 수 있겠소?"

"마기를 전혀 못 쓰는 네놈에겐 그 정도도 과분하지!"

"……."

"하지만 그것까지 희생하며 완성한 심검이 얼마나 매서울진 본좌도 기대되는군!"

피월려는 군이 그의 오해를 바로잡지 않았다.

그는 앞에서 아직도 굳은 채 쓰러진 종남파 고수를 바라보며 말했다.

"설마 이 제자에게 내가 죽었으리라 생각한 것이오? 단순히 심검을 맛보기 위해서 제자까지 죽이다니, 누가 마인인지 구분을 못 하겠소, 태을노군."

"말이 많구나, 심검마!"

태을노군은 엄청난 속도로 보법을 밟으며 검을 찌르는 형태로 분광검강을 쏘았다.

다만 피월려는 그의 검강에서 전력(全力)을 느끼지 못했다.

이는 속전속결보단 이 대결을 좀 더 오래 끌고 싶어하는 것이
다.

피월려는 이때가 아니면 시험할 수 없다는 판단이 서자 소
소를 검처럼 휘두르며 낙성을 펼쳐보았다.

쿠르릉!

쏟아지는 번개는 심검으로 펼쳐진 낙성을 타고 옆으로 휘
어 바닥에 꽂혔다.

이를 확인한 피월려는 다행이라는 생각과 함께 다가오는 태
을노군에게서 거리를 벌렸다. 금강부동신법을 펼치지 못하는
한 한계가 있었지만 그대로 부딪치는 것보다는 그것이 백배
나았다.

그런데 태을노군은 뒤로 움직이는 피월려를 따라가지 않고
종남파 고수 근처에서 멈춰 섰다. 그러곤 단전에 손을 얹어 진
기를 불어넣었다.

파지직!

번개가 그 몸을 다시 한번 관통하자, 죽었던 그가 되살아나
다급한 호흡을 내쉬었다.

"허어억! 하악, 학! 사, 사부님!"

피월려는 그 광경을 보고도 믿을 수 없었다.

용안심공으로 파악하기에도 그 고수는 분명 벼락을 맞고
죽었다.

그러니 그가 죽었다는 건 절대 부정할 수 없는 사실이다. 그런데 다시 숨을 쉬기 시작하는 건 뭐란 말인가? 태을노군이 정말로 죽은 자를 살려낸 것인가?

태을노군은 지금까지 보여준 적 없는 부드러운 표정으로 그 고수에게 말했다.

"괜찮으냐, 소벽아?"

그 고수는 죽은피를 조금 토했다.

"쿨컥! 괘, 괜찮은 것 같습니다. 어, 어떻게 된 것입니까? 제가 죽었다고 생각했는데……."

"몸이 괜찮으면 되었느니라. 한쪽에서 두 눈을 똑똑히 뜨고 이번 싸움을 지켜봐라. 네게 큰 진전을 가져다줄 것이다."

"조, 조심하십시오. 심검마의 심검은 그 무엇이든 벨 수 있습니다."

너무나 확고한 목소리에 태을노군이 되물었다.

"무엇이든 벤다? 무슨 말이냐?"

"그의 심검은 잘 보이지 않지만 실존하는 검입니다. 백도에서 말하는 마음을 읽는 그 심검이 아니라… 그 삼류소설에서나 나오는 그 심검 말입니다."

고수는 민망한지 말을 흐렸고, 태을노군은 눈살을 찌푸렸다.

"사부가 직접 확인해 보마. 가서 쉬어라."

믿지 않는 눈치다.

그 고수는 하는 수 없이 고개를 끄덕이더니 절뚝거리면서 한쪽 벽으로 물러났다.

그것을 본 피월려가 아쉽다는 듯 말했다.

"벼락으로 사람을 죽였다가 살리기도 하다니, 신선의 도술이라 해도 믿겠소. 좌도이오?"

태을노군이 말했다.

"그저 낙뢰검공(落雷劍功)을 오래 익혀 뇌전의 속성을 조금 깨달았을 뿐이다. 본좌가 이른 성취에 도달하면 좌도와 우도의 경계조차 흐려지느니라. 네놈도 잘 알 터인데?"

그 말에 피월려는 고개를 끄덕였다.

피월려는 제자에게 시선을 옮기며 말했다.

"이제 보니 처음 제자를 벼락으로 죽인 것도 내 심검에서 벗어나게 하려 한 것이군. 저렇게 다시 살리면 되니까 말이오. 모두 계산된 것이오?"

"수치란 걸 전혀 모르는 네놈은 충분히 내 제자를 인질로 삼았겠지."

피월려는 인정하지 않을 수 없었다.

"하! 아무리 용안심공이어도 사람이 죽었다 살아나는 것까지 계산할 수는 없지. 한 방 크게 당했소."

태을노군은 뇌기를 온몸에서 뿜어내며 크게 외쳤다.

"즐겨보자꾸나, 심검마! 본좌가 친히 네 수준에 맞춰 싸워 줄 테니 적어도 죽을 땐 자기가 죽는다는 걸 알고 죽을 것이다! 그 자비에 감사하거라."

"어차피 죽는데 무슨 차이이오?"

"자신의 죽음을 자각하지 못하고 죽으면 귀신이 되느니라!"

"뭐, 사실 도가의 개똥사상에는 관심 없소."

"흥! 그 혓바닥을 놀리는 것도 여기까지다, 심검마. 보여라! 그 심검을!"

"나는 개인적으로 신검(神劍)이라 생각하고 싶소."

"그러니 본좌가 확인해 주겠다는 것 아니냐!"

쿠르릉!

피월려는 앞에서 떨어지는 벼락에 마른침을 삼켜 만반의 태세를 갖추었다.

그가 소소를 들고 크게 횡으로 베자, 심검으로 펼쳐진 낙성을 타고 번개가 휘었다.

이를 본 태을노군은 순수하게 즐거움을 느꼈다.

"크하하! 하하하! 본좌가 네놈의 심검을 뚫어주마! 날 입신으로 이끌어다, 심검마!"

쿠르릉! 쿠르릉!

쾅! 쾅!

수십 다발의 번개가 내리꽂히며 피월려의 몸을 당장에라도 태워 버릴 듯했다. 피월려는 소소를 끊임없이 휘두르며 번개를 쳐냈는데, 그 번개 속에서 검 하나가 툭하니 삐져나오는 것을 겨우 보았다.

그 검은 강기충검의 수법으로 그 주위에 검강(劍罡)을 두르고 있었다.

캉!

심검의 끝과 검강의 끝이 부딪쳤고, 곧 검강이 부러져 버렸다.

피월려의 미간이 좁아졌다.

베인 것이 아니라 부러졌다는 건 태을노군이 검강의 끝을 스스로 부러뜨렸다는 뜻.

그것은 무엇을 의미하는 것일까?

피월려는 즉시 몸을 아래로 숙여 몸을 잔뜩 웅크리며 심검을 부러진 검강의 앞에 꼿꼿이 세웠다.

찰나 후, 검에 가득 찬 가공할 뇌기가 부러진 검강 끝에서 모조리 뿜어졌다.

쿠구구궁!

낙뢰검공을 12성 대성한 태을노군은 어기충검 후 그 검강의 끝을 부러뜨리면 그 순간 엄청난 뇌전을 일시에 뿜어낼 수 있다는 것을 깨달았다.

그 수법은 낙뢰검공에도 없는 그만이 아는 비기(秘技)!

그런데 광폭하기 짝이 없는 그 번개는 너무나 무력하게도 심검 앞에서 완전히 찢어져 두 갈래로 나누어졌다.

이를 보고 태을노군의 굵은 눈썹이 꿈틀거렸다. 이대로 피월려를 더 몰아붙일 수 있었지만, 태을노군은 그렇게 하지 않았다.

그의 목적은 피월려를 이기는 것이 아니라 심검을 이기는 것이기 때문이다.

그리고 그 심검이 지금 그의 앞에서 자기를 베어달라고 고개를 내밀고 있다.

"오냐, 베어주마."

태을노군은 그가 가진 태을진기를 모조리 끌어 올려 태을분광검의 극의를 떠올렸다.

그러자 곧 그의 검에서 길이가 일 척이나 되는 분광검강이 뽑혔다.

이를 어기충검의 수법으로 검신에 붙잡아둔 그는 마음을 강하게 다잡고 꼿꼿이 세워져 있는 심검을 향해 휘둘렀다.

서걱.

감싸고 있는 분광검강과 함께 태을노군의 검이 반토막 났다.

"……."

곧 떨어져 나간 반토막에 갇혀 버린 반쪽짜리 분광검강은 그 안에서 분출될 곳을 찾아 폭발할 듯 밝은 빛을 내었고, 곧 그 매개체인 검을 파쇄했다.

쾅!

파검으로 인해 사방에 쏟아지는 파편은 피월려와 태을노군에게 동등하게 떨어졌다.

태을노군은 그의 독문보법인 태을유영비(太乙遊影飛)를 펼쳐 파편을 피하면서 뒤로 물어났다.

이는 종남파의 모든 보법이 은하의 공부에서 비롯되었기 때문에 오로지 태을진기만으로 펼칠 수 있는 것이 없어 기존에 있던 은하유영비(銀河遊影飛)를 태을진기에 맞게 고친 것이다.

당연하게도 그것은 본래 은하유영비의 수준에 미치지 못했고, 이는 피월려에게 기회가 되었다.

스윽—

쏟아지는 파편 속에서 도저히 이 세상의 것으로 보이지 않는 무언가가 태을노군의 시야에 잡혔다.

마치 세상 밖에서 공간을 베어 안으로 비집고 들어온 것 같은 무언가……

태을노군은 그것을 보는 것만으로도 마음이 베인 것 같은 착각이 들었다.

그는 부러진 검에 다시 한번 태을진기를 억지로 실어 넣어 그 베인 단면으로 낙뢰검공을 펼쳤다.

"크아악!"

번개에 직격당한 피월려는 나동그라졌다. 이에 그의 심검은 더 이상 파고들지 못하고 태을노군의 코앞에서 증발하듯 사라져 버렸다.

태을노군은 가만히 서서 피월려가 회복하기를 차분히 기다렸다.

눈을 열 번 정도 깜박일 수 있는 짧은 시간이 지나자 속에 내제된 마기가 뇌기를 말끔히 씻어냈고, 피월려는 몸을 움직일 수 있었다.

이를 본 태을노군이 말했다.

"회복 속도를 보면 마공을 잃은 건 아니군. 하지만 마음대로 펼치지 못하니 내 뇌기에 저항하는 게 늦어. 그것이야말로 심검의 조건인가?"

피월려가 찌릿거리는 입술을 매만지며 논점을 돌렸다.

"아주 나를 가지고 노시는군. 언제라도 죽일 수 있지 않소?"

"죽일 수야 있지. 그러니 그건 심검마를 이기는 것일 뿐, 심검을 이기는 것이 아니지."

"……."

피월려는 말없이 피로 흥건히 젖은 옷을 잡아 찢었다. 그리고 몸에 박힌 수많은 검의 파편을 바라보며 신음을 흘렸다.

태을노군이 읊조렸다.

"그 파편을 다 맞아가면서 심검을 펼쳐 본좌의 목을 노리다니 대단하군. 하지만 파편이 금속인 것을 계산하지 못했어. 몸에 그 정도의 금속을 박고 낙뢰에 목숨을 잃지 않다니, 역시 마공은 마공이야. 모든 걸 떠나 양만큼은 절대 무시 못 하겠군."

"흥! 그렇게 잘난 척하는 것도 오래 걸리지 않을 거요, 태을노군. 자만은 곧 죽음이오."

태을노군이 나지막하게 말했다.

"네놈이 뭐라 생각하든 알 바 아니다. 시간을 들여 파편을 모두 제거해라. 마공으로 회복할 수 있으면 모두 회복해라. 본좌가 언제까지고 기다려 주마, 심검마."

"하! 후, 후, 후하, 하하하!"

피월려는 웃었다.

아니, 광소했다.

이를 바라보는 태을노군의 눈초리가 좁아졌다.

"실성했나?"

피월려는 서서히 몸을 일으켰다.

극양혈마공의 위력으로 그 짧은 사이에 벌써 피가 굳고 상처가 아물기 시작했는데, 그의 거친 움직임 때문에 파편이 다시 몸을 찢어 피가 나기 시작했다.

이마에 박힌 파편에서 흐른 핏물을 한번 혀로 핥은 피월려가 태을노군을 보았다.

"기다려? 나를? 나를 말인가? 장난하는 거지? 응? 그렇지?"

태을노군은 부러진 검을 앞으로 들었다. 그리고 분광검강을 뽑어낸 뒤 어기충검의 수법으로 다시금 검신에 붙잡았다. 그러자 부러진 검날 위로 황색의 검강이 뚜렷한 검의 형태로 자리를 잡았다.

파지직, 파직!

지하에 검강이 공기를 태우는 소리가 잔잔하게 깔렸다.

"내 자비를 받아라, 심검마. 안 그러면 너무 재미가 떨어지지 않느냐?"

태을노군의 말에 피월려는 소소를 들고 앞으로 뻗었다.

그러곤 광기가 가득한 표정으로 소리쳤다.

"크하하! 그래? 재미가 떨어져? 재미가 말이지? 이건 어때? 응?"

그가 소소를 옆으로 베었다.

거리가 이렇게 떨어져 있는데?

설마 검기인가?

태을노군은 집중하여 심검을 보았다.

그러나 그곳에서 뽑어지는 것은 아무것도 없었다.

그럼 무엇을 벤 것인가?

덥석!

피월려의 왼손에 태을노군의 머리가 잡혔다.

"무, 무슨!"

우악스러운 그 손길에는 도저히 저항할 수 없는 힘이 담겨 있었다.

피월려가 왼손에 힘을 주고 태을노군의 머리를 땅에 패대기 치자, 태을노군은 자세를 잡지 못하고 허우적거렸다.

태을노군은 진기를 발바닥에 집중하여 겨우 중심을 잡았다.

씨익!

태을노군은 그의 코앞에서 미소 짓는 피월려의 눈동자에 어린 가공할 광기를 보았다.

그 광기에는 전혀 마기가 없었지만, 주화입마에 빠진 자의 것을 상회하는 수준이었다.

마치 전혀 가공되지 않은 날것.

태을노군는 재빨리 왼손을 활짝 펴서 피월려의 오른쪽 허벅지를 향해 태을신수(太乙神手)를 펼쳤다.

도저히 치명상을 입힐 만한 곳을 노릴 시간이 없었기 때문이다.

쿠르릉!

태을신수에서 뿜어진 뇌전이 피월려의 허벅지를 강타했다. 금강부동신법을 펼치지 못하는 피월려는 이런 수법 하나하나조차 피할 수 없는 몸이기 때문이다.

그러나 봉마술에 전혀 영향이 없는 용안심공은 그대로다. 이미 오른쪽 허벅지에 피해를 입을 걸 예상한 용안심공은 그쪽의 신경 신호를 모조리 끊어버렸다. 때문에 그 허벅지에 적중한 뇌전이 그의 오른쪽 다리를 타고 땅까지 흘러내려 가며 그의 살점 하나하나를 모두 태우는 엄청난 고통도 피월려는 전혀 느끼지 못했다.

"크하하!"

다리가 감전되는 순간에도 광소를 멈추지 않던 피월려는 오히려 태을신수의 뇌전에서 받은 힘을 그대로 연결하여 오른손에 쥔 심검을 태을노군의 심장 쪽으로 꽂아 넣었다.

태을노군은 본능적으로 즉시 검을 들어 심검을 막으려 했는데 그 생각을 하자마자 후회했다. 하지만 이미 그의 팔은 검을 들고 있었고, 때문에 그의 얼굴은 낭패감으로 물들기 시작했다.

스윽.

피월려의 심검은 태을노군의 검도 검강도 그 자리에 전혀 존재하지 않는 것처럼 그대로 꿇어내며 태을노군의 심장 언저리 피부에 닿았다.

그리고 서서히 꽂히기 시작했다.

태을노군은 즉시 태을진기를 이용하여 몸의 감각을 극한까지 끌어 올렸다.

그것은 뇌전의 속성을 가진 태을진기의 또 다른 장점 중 하나였다.

그는 곧 몸에 난 털 하나하나의 움직임까지 느낄 수 있게 되었다.

그러나 정작 피월려의 심검이 얼마나 그의 신체를 침투했는지는 도저히 알 수 없었다.

피월려의 심검은 휘두르는 사람도 베는 감각이 없지만 당하는 사람도 베이는 감각이 없기 때문이다.

이래선 계산이 전혀 안 된다.

보법을 펼쳐 뒤로 물어나도 어디까지 물러나야 한단 말인가?

이러면 답은 하나밖에 없었다.

그 심검의 주인인 피월려를 물러나게 하는 수밖에.

태을노군은 몸에서 호신강기를 발동시키기 바로 직전 패배의 쓴맛을 느끼고 있었다.

다음엔 기필코 심검을 무너뜨리리라.

콰과광!

전신에서 뿜어지는 황색의 빛은 지하 전체를 덮쳤다.

다만 그곳에 유일한 그림자가 있었는데, 바로 공중에 돌멩이처럼 던져진 피월려의 신체였다.

철퍼덕! 퍽!

벽까지 날아와서 몸을 부딪친 피월려는 그대로 바닥에 떨어지면서 두 번이나 강한 충격을 느꼈다. 안 그래도 몸에 깊이 박힌 파편들이 다시금 요동치며 그의 신체를 헤집어놓았다.

"으으윽, 으윽! 젠장, 죽겠군."

사지의 뼈는 꺾였고, 근육은 찢어졌다.

잡고 있던 소소도 놓쳐서 저 멀찍한 곳에 홀로 내팽개쳐져 있다.

왼쪽 허벅지에서부터 발끝까진 구운 고기에서 날 법한 냄새가 올라왔다.

극양혈마공은 즉시 피월려의 수명을 끌어다가 그의 몸을 치료하기 시작했다.

피월려는 태을노군이 얼마나 피해를 입었는지 가늠할 수 없었다.

심검으로는 무엇을 베어도 벤다는 느낌이 없기 때문이다. 다만 육안으로 알 수 있는 건 태을노군이 가진 모든 내력을 모아 호신강기로 뿜었고, 심장 부근에서 출혈이 있으며, 때문에 정신을 잃었다는 점이다.

더 이상의 위협은 거의 없다고 봐도 무방했다.

피월려는 고통을 무릅쓰고 겨우겨우 움직이며 몸에 박힌 파편을 하나하나 제거하기 시작했다.

"하아, 크윽, 하아!"

"크윽, 윽, 하아!"

두 사내의 거친 호흡 소리가 교차되면서 그들은 서로를 보았다.

피월려는 파편을 뽑아내면서 그 종남파 고수를 보았고, 종남파 고수는 태을노군에게 절뚝거리며 다가가면서 피월려를 보았다.

종남파 고수도 호신강기의 여파에서 완전히 자유로울 수는 없었는지 거기에 꽤 큰 피해를 입은 것 같았다.

곧 태을노군에게 도착한 종남파 고수가 그의 심장 부근을 점혈하여 출혈이 멈췄다.

그러나 점혈을 하는 것만으로도 너무나 고통스러운지 종남파 고수는 숨을 끊임없이 헐떡였다.

피월려가 말했다.

"하아, 하아, 죽진 않았군그래."

종남파 고수는 피월려의 말에 눈썹을 모았다.

"왜 그렇게, 후우, 생각하지?"

피월려는 파편을 하나씩 제거하며 말했다.

"그랬다면, 헉, 몸 상태고 뭐고, 허억, 선천지기까지 써서 이미 달려들었겠지, 하악! 심장을 빗나갔나?"

"아니, 하아! 깊이가 얕았다. 후우……."

"그렇군. 하아, 치료하면, 헉, 살겠어?"

"무슨 말이, 하악, 하고 싶은 건가, 심검마?"

피월려가 말했다.

"너는 네 스승을, 후우, 살려야 하고, 나는, 하아, 몸을 회복해야 하지."

"……."

"그냥 그렇다고, 후우, 이름을 소벽으로 들었는데, 별호가 뭐지?"

종남파 고수는 조용하다 이내 털어놓듯 말했다.

"뇌룡(雷龍)."

구룡사봉 중 일인인 뇌룡 곽소벽. 그것이 종남파 고수의 정체였다.

피월려는 마지막 파편을 뽑고는 자리에서 일어났다. 그는 전혀 말을 듣지 않는 오른쪽 다리 때문에 계속 절뚝거리면서 소소가 떨어진 곳으로 가 그것을 십어 들였다.

그가 말했다.

"구룡 중 하나인가. 후우. 꽤 할 얘기가 있지만 어쩔 수 없겠는걸."

어느새 안으로 들어온 햇빛을 따라 시선을 돌려보니 태을노군의 검강에 의해서 무너진 한쪽 벽에 밖으로 나가는 구멍이 보였다.

피월려는 그곳으로 걸어가기 시작했고, 그를 이글거리는 눈으로 보던 곽소벽이 피를 토하며 외쳤다.

"이대로, 쿨컥, 도망갈 셈이냐!"

피월려가 나가기 직전 나지막하게 말했다.

"선천지기까지 써서 날 막을 생각인가? 후우, 그래서 잘못되면 네 스승은? 후우, 후우! 난 비겁한 술수를 쓰지 않았다. 네가 산증인이지. 하아, 결과에 승복하지 않을 셈인가?"

"......"

"나도 도박할 생각은 없으니 걱정 마라. 크흠. 다음을 기약하지, 뇌룡."

곽소벽의 얼굴이 분노로 일그러졌다.

"심! 검! 쿨컥! 마!"

곽소벽의 끓는 듯한 외침을 뒤로하고 피월려는 쏟아지는 노을빛에 몸을 맡겼다.

해질녘이라 햇빛이 다소 약했지만, 극양혈마공은 그 약한 햇빛에 담긴 양기를 부스러기조차 남기지 않고 모조리 먹어치웠다.

피월려는 벽 한쪽에 몸을 기대고 주변을 살폈다. 골목은 조용했다. 태을노군의 성정상 아마 누구도 방해하지 말라고 으름장을 놓았을 것이다. 그렇다면 조금 큰 원형으로 포위되었을 가능성이 있다.

차라리 주변에 몸을 숨기는 것이 낫다는 판단을 내린 피월려는 눈에 띄지 않는 곳을 찾아서 가부좌를 틀었다. 그곳은 한 허름한 건물의 꼭대기로 사방이 막혀 있는 곳이었다.

그곳에서 운기를 시작한 그는 무아지경에 이르지는 못한 채 얕은 잠을 자는 것처럼 운기조식을 할 수밖에 없었다.

# 제팔십팔장(第八十八章)

처음부터 피월려는 단단히 마음먹었다. 지금 하는 운기조식은 몸의 회복을 위한 것이지 무공을 익히기 위한 것이 아니라고.

하나 무학에 깊이 심취해 있는 그가 눈앞에 아른거리는 태을노군과의 싸움에서 눈길을 돌릴 수 있을 리 만무했다.

아서라, 월려야.

아서라, 월려야.

아무리 스스로를 타일러도 그는 어느새 심투(心鬪)에 빠져 있었다.

뜨거운 황금빛으로 가득하던 태을노군과의 싸움은 이 년여 전 목격한 진파진의 검공과 겹쳐져 서서히 그의 마음을 매료시켰다.

그의 마음속에서 살아 움직이는 태을노군과 진파진의 검무(劍舞)는 너무나 화려하고 아름다워 정신을 혼미하게 만들 지경이었다.

백도의 무공, 기공에 있어 실용성만을 강조하는 흑도의 무공과는 크나큰 차이가 있다. 다소 불필요하다 여겨질 만한 구석이 상당히 많음에도 불구하고 어찌나 강력한지 흑도의 것을 버리고 백도의 무공을 다시 배우고 싶은 생각이 들 정도이다.

지금까지 피월려가 본 백도의 무공은 겉모습만 치장한 형식적인 것을 벗어나지 못했다. 화려한 검공을 펼쳐가며 쓸데없는 움직임을 좋아하는 백도의 고수들을, 그는 항상 경멸하곤 했다.

하지만 태을노군의 검공을 경험한 그는 그가 그렇게 느껴왔던 이유가 절정 이하의 것만을 보았기 때문이라는 것을 확실히 깨달을 수 있었다.

그럼 백도와 흑도의 차이는 무엇인가?

피월려는 누구의 생각도 빌리지 않으려 노력하면서 스스로 재정립을 시도했다.

오대세가와 구파일방의 무공은 구할 이상이 한 시대를 풍미한 입신의 고수에 의해서 창시되었다.

하지만 입신의 깨달음을 어찌 인간의 언어로 담아낼 수 있겠는가.

비현실적일 수밖에 없다.

그나마 할 수 있는 건 비유뿐이다.

인간보다 거대한 대자연(大自然)에 비유하여 그 큰 뜻을 어렴풋이 그려내는 것이 최선이다.

또한 그들은 그들의 시조가 이르렀던 무(武)가 아닌 도(道)를 추구한다.

정설로 말하면 그들에게 있어 무란 도를 추구하기 위한 도구일 뿐이다.

그러니 백도의 무공은 더더욱 추상적이고 비현실적일 수밖에 없다.

사람의 한계에 도달하는 절정 수준에 이르러서야 이제 좀 윤곽이 보이는 것 같고, 사람의 한계를 조금씩 넘어서는 초절정에 이르러야 창시자가 전하고자 하는 그 의미를 하나하나씩 겨우 이해한다.

반면, 흑도의 무공은 그렇지 않다. 흑도의 정점에 있는 천마신교의 마공조차도 겨우 천마급 마인에 의해서 창시되었을 뿐이고, 혹은 원로원의 수많은 은퇴한 마인들이 각종 실험을 통해서 발전시켜 만든 것이다.

또한 흑도인은 백도인들과 다르게 시조뿐 아니라 직계 스승이 개척한 길조차도 무작정 따라가지 않는다.

자기 입맛에 맞게 변경하거나 이것저것 합치기 일쑤다. 어떤 결과가 나올 때까지 기다려 주는 인내심이 전혀 없고 가질 생각조차 없다.

별다른 깨달음이 없이도 글귀 하나하나 쏙쏙 이해되는 무공서를 써도 잘 읽어주지 않는 판에 뜬구름 잡는 소리로 도배해 놓으면 그 누가 읽겠는가?

마치 유행에 적응이라도 하듯 하루에도 수십, 수백 개의 무공이 탄생하고 사장되는 흑도의 무림에서 가장 각광받는 무공은 누구라도 익힐 수 있고 확실한 성과가 있는 무공뿐이다. 한마디로 말하면 흑도인은 그저 무를 추구할 뿐 어떠한 도를 추구하는 것이 전혀 아니라는 것이다.

그러니 일정 수준 아래론 흑도의 무공이 더 익히기 쉽고 더 강력한 것이 너무나 당연하다.

딱 알맞은 수준에 맞춰서 만들어진 것과 더 높은 것을 추구하며 만들어진 것 중 무엇이 더 익히기 쉽겠는가? 당연히 전자가 아니겠는가?

이를 보고 백도인들은 흑도의 무공으로 절대 대성할 수 없다 한다.

그러나 이를 해낸 집단이 있으니 바로 천마신교이다.

그들의 마공은 대성한 백도의 무공과도 견줄 수 있을 만큼의 깊이를 자랑하는데, 이를 가능케 하는 핵심이 무엇이냐면 바로 양(量)으로 밀어붙인 것이다.

마공은 무위에 관한 개념을 하나하나 정의하고 모든 사상을 정립하여 하나씩 쌓아 올라가 점차 하늘에 닿아가는 것이다.

그렇게 높은 수준에 도달하면 도달할수록 전에는 무시하고 넘어간 작은 모순들이 모여 지금껏 열심히 쌓아 올린 공든 탑을 휘청거리게 만든다.

점점 높이가 높아지면 높아질수록 같이 탑을 쌓아 올린 주변의 탑들이 하나둘씩 무너지기 시작하고, 곧 그렇게 수백, 수천, 수만 개의 탑이 점차 사라진다.

하루에도 몇 번이나 계속되는 그 흔들림을 견디고 견뎌 조금이라도 보인 모순들을 집요하게 물고 늘어져 이곳을 보완하고 또 저곳을 보완하다 보면 어느새 스스로 서 있을 수 있을 만큼 깊은 뿌리를 땅에 내리게 되는데, 이를 지마(地魔)라 칭한다.

외관상으론 조잡하고 추잡해 보일지 몰라도 더 이상 그 탑이 스스로 무너져 내리는 일은 이제 없고, 앞으로는 위로 더 쌓아 올릴 일만이 남았는데 도대체 어디다 더 쌓아 올려야 할지 그게 문제다.

아무리 봐도 더 이상 쌓아 올릴 공간이 남아 있지 않기 때문이다.

만약 여기서 그 누구도 생각하지 못한 창의적인 방법으로 더 높게 탑을 쌓을 수 있다면……

그리고 그 탑의 끝이 하늘에 닿게 된다면……

비로소 천마(天魔)라 할 수 있다.

그렇다면 백도에서 말하는 절정(絕頂)과 초절정(超絕頂)은 어떠한가?

백도의 공부는 입신에 오른 창시자가 하늘 높이 쌓아 올린 탑의 설계도를 면밀히 살펴보며 돌 하나하나 정성 들여 탑을 쌓는 것에 비유할 수 있다.

그 탑은 쌓는 속도가 느리지만 절대로 스스로 무너질 리는 없다.

그렇게 설계도를 보고 하나씩 쌓다 보면 언젠가 한계가 오게 마련인데, 이는 단순히 지혜나 능력의 부족으로 오는 한계가 아니라 인간이기에 어쩔 수 없이 오는 절대적인 한계이다. 이 수준에 도달하여 더는 설계도를 이해할 수 없어 꼭대기에 주저앉아 하염없이 한숨만을 쉬는 자들이 바로 절정이라 말할 수 있다.

아니, 아니다.

과연 그들의 한숨이 설계도를 이해할 수 없기 때문에 오는 것일까?

오성이 뛰어난 젊은 백도고수들이 입에 달고 사는 말은 내공이 부족하여 상위 무공을 펼칠 수 없다는 것이지 깨달음이 부족하다는 것이 아니다.

낙양의 객잔에서 이야기를 엿들었을 때도 시간이 해결해 줄 것이라는 푸념은 후기지수 사이에서 인사 다음으로 많이 나오는 말이었다.

이는 설계도를 이해할 수 없다기보다는 이해를 하긴 하는 데 돌을 직접 옮기기에 필요한 실질적인 힘이 적어 어쩔 수 없이 힘이 길러질 때까지 기다리겠다는 것으로 비유해야 옳다.

그렇다면 절정에서 말하는 인간의 한계란 단순히 내력을 말하는 것인가?

백도의 내공심법은 시간에 절대적인 영향을 받는다. 일 년에는 일 년, 이 년에는 이 년만큼의 내공밖에 기를 수 없다. 이는 백도의 무공을 익히는 입장에선 인간이 가진 절대적인 한계라 말해도 과언이 아니다.

즉, 백도인은 마인처럼 깨달음이 부족한 것이 아니라 내공이 부족한 것이다.

논리와 사상의 문제가 아닌 순수한 내력의 절대량이 문제다.

어찌 그러한가?

백도가 더 깨달음에 목말라하지 않는가?

답은 간단하다.

백도는 애초에 깨달음에 있어 부족함을 보일 만한 자를 제자로 받아주지도 않는다.

그들은 흑도와 다르게 처음 제자를 받을 때부터 만 명 중한 명을 뽑는 것처럼 선별한다. 이는 그들의 오성을 보고 깨달음을 좇을 수 있는 수준인지 아닌지를 판가름하는 것이므로, 이런 선별을 거친 백도의 고수들이 추상적인 백도의 무공을 이해하는 데 부족함을 보이지 않는 것은 너무나 당연한 일이다.

그럼 시간이 해결해 주는 백도도 왜 절정에서 막히고 무너지는가?

거기서 막히는 백도고수들은 어찌 해석해야 할까?

그들은 인내심이 부족하여 내력이 많아지는 것을 기다리지 못해 이미 나와 있는 설계도를 믿지 않고 스스로 편법을 쓰려는 자라 말할 수 있다.

그렇기에 백도의 스승들은 항상 제자늘에게 열기를 나스터 인내심을 가지라 말하지 않는가?

가만히 있으면 알아서 잘 오르는데 괜히 자기가 오르겠다고 하다가 발을 헛딛는 것이다.

이것이 바로 그들이 말하는 절정의 벽이라 할 수 있다. 시간이 흘러야만 해결되는 것이지 스스로 뭘 한다고 해결되는 것이 아니다.

이것이야말로 절정이지 무엇이 절정이겠는가?

그렇게 깨달음이 현실화되지 못하는 그 답답함을 끝까지 참고 견딘 백도의 청년고수들이 결국 나이가 들어 상위 무공을 펼칠 수 있는 내력을 갖추게 되어 하늘에 닿는 탑을 쌓게 되면 그것을 초절정이라 비유할 수 있다.

피월려는 자문하고 답하기를 쉬지 않았다.

젊은 나이에 천마에 이르는 희대의 마인은 어찌 탄생하는가?

누구도 상상할 수 없는 기발함과 창의력이 필수적이다.

그에 필요한 실질적인 내력은 마공의 특수성으로 인해 문제가 되지 않는다.

청년 시절 초절정에 이르는 백도제일의 후기지수는 어찌 탄생하는가?

수많은 영약과 노강호들의 진기를 이어받는 것이 필수적이다.

그에 필요한 깨달음은 애초에 선별받는다는 점으로 문제가 되지 않는다.

즉 양면이 모두 완성되는 건 같으나 완성되는 방법은 현저하게 다르다.

이를 정립하기 위해서 각각의 양면을 실(實)과 허(虛)로 칭하자.

먼저 실은 내력을 포함하고 허는 깨달음을 포함한다.

그렇다면 다른 것은 어찌 될까?

신(身)?

심(心)?

검(劍)?

기(氣)?

혼(魂)?

정(情)?

형(形)?

이것이 과연 심기체(心氣體)보다 나은 구분일까?

중쾌환(重快幻)과는 어떤 연결이 될까?

또한 전에 깨달은 외내(外內), 그리고 그 중심(中心)과는 다른 것인가?

모르겠다, 모르겠어.

뭔 놈의 조화경(調和境), 혼돈경(混沌經).

뭔 놈의 입신(入神), 입수(入獸).

순서가 틀렸다.

우선은 그전에 초절정과 천마를 제대로 이해해야 하지 않겠는가?

과연 초절정이 천마인가?

과연 천마가 초절정인가?

당장 이것부터 풀어야 그다음 단계를 논할 수 있지 않은가?

천천히 생각하자, 천천히.

"뭘 말인가?"

피월려는 화들짝 놀라며 눈을 떴다.

그곳엔 쭈그려 앉아 있는 제갈토가 반쯤 기울어진 고개로 그를 응시하고 있었다.

"느, 능수지통?"

제갈토는 천천히 그의 앞에 뻗은 손가락 하나를 접었다. 기문둔갑으로 무아지경에 든 피월려의 의식에 직접 개입한 것이다.

그는 그의 특유의 웃음소리를 냈다.

"키힛, 방금 중얼거렸지 않은가? 천천히라고. 뭘 천천히라는 건가?"

장난기가 가득한 그 표정에서 이상하리만큼 위협을 느낀 피월려는 품에서 소소를 꺼내려 했다.

이를 본 제갈토가 무섭다는 듯한 표정을 지으며 뒤로 훌쩍 뛰었다.

"원, 무식하기는. 아니, 지금 생사여탈권을 쥐고 있는 내게 이러긴가? 아무리 못돼먹기를 벌레보다 더한 마인이라지만 살고 싶으면 그러면 안 되지. 암, 그렇고말고."

그의 말을 들을 필요성을 전혀 느끼지 못한 피월려는 귀를 닫고 빠르게 주변을 보았는데, 사방이 온통 흰색의 안개로 자욱했다.

눈을 감기 전 본 낙양 뒷골목의 풍경을 전혀 찾을 수 없던 그는 그가 이미 제갈토의 진법 안에 있다는 걸 본능적으로 깨달았다.

어차피 제갈토의 손아귀에 있다고 생각한 피월려는 제갈토의 장단에 맞춰줄려고 막 입을 열었는데, 그의 시선을 붙잡고 놔주지 않을 만큼 충격적인 것을 보곤 말문이 막혔다.

그것은 헐렁거리는 제갈토의 왼쪽 소매였다.

피월려가 물었다.

"팔을… 잃으셨소?"

제갈토가 말했다.

"내 알기론 이거 요즘 유행 아닌가? 두 짝 중 하나 잃어버리는 거 말이야. 원래부터 난 이기일원론(理氣一元論)을 이기이원론(理氣二元論)보다 더 좋아했어. 하지만 두 눈을 쓰고 두 발을 쓰고 두 팔을 쓰고 있지 않은가? 참회의 뜻에서 한쪽 팔을 자르기로 결정했지."

이걸 농담이라고 하는 건지.

피월려는 황당함을 감추지 못했다.

"그게 그거랑 무슨 상관이오?"

제갈토는 마치 어리석은 중생의 질문에 이 세상의 진리를 설파하는 노승처럼 단언했다.

"상관없네."

"……."

그의 얼굴에 어린아이의 웃음이 자리 잡았다. 제갈토는 팔을 휘익 저으며 다리를 살며시 꼬았다.

"뭐 한쪽 팔이야 만들면 그만이니. 중요하지 않으니까 일단……."

피월려는 양손을 앞으로 쫘악 뻗으며 제갈토의 말을 잘랐다.

"잠깐. 팔을 만드실 수 있소?"

제갈토는 갑자기 모욕이라도 당한 것처럼 목을 앞으로 빼며 손가락으로 자기를 가리켰다.

"뭐, 뭐라? 설마 내가 이딴 팔 쪼가리 하나 못 만든다고 생각한 건가? 아니지, 아니지. 심검마는 그래선 안 되지. 팔 쪼가리하고는 비교도 할 수 없는 눈 쪼가리를 내가 직접 만들어서 선물해 줬는데 말이야. 어떻게 그런 천한 생각을 할 수 있나, 심검마? 응? 아, 혹시 출신이 천출이라 그런 천한 생각을 한 건가? 그럼 말이 되는군."

피월려는 그의 비아냥거림을 한 귀로 듣고 한 귀로 흘렸다.

"내 친우 하나가 팔을 잃었소. 본인 팔 하나 만드는 김에 내 친우 것도 하나 만들어주시오. 같이 만들면 단가가 더 싸지 않소?"

제갈토는 갑자기 입을 딱 벌리면서 자기 입을 손가락으로 가리켰다.

"하……. 혹시 지금 혹시 심검마께서 혹시 나한테 혹시 요구란 걸 혹시 하신 건 혹시 아니겠지? 하늘이 무너져 내리는 것보다 더욱 말이 안 되는 사건을 내 눈으로 직접 목격하다니, 기가 막히는군."

"맞소, 요구한 거."

제갈토는 온몸에 소름이 돋는 것처럼 몸을 부르르 떨었다.

"인간의 머리를 가지고 있는데 어찌 그게 가능하다 생각하지?"

피월려의 눈빛이 한층 깊어졌다.

"감히 능수지통 어르신의 팔을 자를 수 있는 사람이 누가 될지 생각해 봤소. 뭐, 뻔하지 않소?"

"……."

침묵하고 있는 제갈토를 향해 피월려는 날카로운 비수 같은 질문을 던졌다.

"검선이 양패구상을 당했다고 들었는데, 아니었나 보오?"

제갈토는 세상이 떠나가라 한숨을 쉬었다.

"하아아아아아아아아아아아아아아…… 응."

천하가 진동할 한숨 뒤에 떨어진 들릴 듯 말 듯한 그 대답을 피월려는 놓치지 않았다.

"그럼 무림맹과는 척을 진 것이고, 따라서 내 도움이 필요한 것이오. 그러니 나는 뭐라도 요구할 수 있소."

"……"

"정확히 어찌 된 일이오?"

제갈토는 말하는 성조를 따라 한쪽 어깨를 올렸다 내렸다 했다.

"뭐, 간단하네. 아픈 친구 병문안 갔다가 봉변을 당한 게지."

피월려는 그의 말을 손수 해석해 주었다.

"검선이 먼저 공격했다는 것이오?"

제갈토는 양 입술을 한입에 쑤셔 넣을 듯 모았다.

"으음……. 꼭 그렇진 않아."

"뭐요, 그게?"

제갈토는 턱을 쓸며 고민하다 곧 털어놓듯 말했다.

"그 왜, 고문을 잘 아니까 알지 않나? 사람이 너무 아프면 말이야, 차라리 그냥 죽는 게 더 행복하지. 내 절친한 검선을 딱 보는데 말이지, 크흡! 내 마음속에 딱 그 생각이 드는 거야. 너무 안쓰러운 거 있지. 그래서 뭐, 자네도 잘 아는 내 호법 있지 않은가? 그 친구에게 부탁했네. 저 불쌍한 생명을 끊어달라고 말이지."

"……."

"그런데 알고 봤더니 아주 펄펄한 거야. 내 호법을 일검에 쳐 죽이고 나한테 달려드는데, 와, 미친개 한 마리가 따로 없더군. 내가 아무리 오해를 바로잡으려고 노력해도 안 돼. 말이 전혀 안 통해! 그런 미친놈이 중원을 평정해 봐. 아이구, 벌써부터 걱정이 태산 같아."

고개를 절레절레 흔드는 제갈토를 보며 피월려는 웃음을 참았다.

"친우와 사이가 틀어지게 돼서 아쉽게 되었소. 설마 검선이 능수지통의 눈까지 속일 수 있었으리라곤 생각하지 못했소."

제갈토는 주먹을 꽉 쥐며 흔들었다.

"뭐, 그래서 입. 신. 입. 신. 하는 게지. 하여간 나도 그냥 죽을 순 없지 않은가? 내가 장기며 바둑이며 이것저것 일등 자리를 그 씹어 먹을 년한테 몽땅 뺏겼는데 딱 하나, 그녀이 근처도 못 따라오는 게 있지. 뭔지 아는가? 맞히면 내가 상금을……."

"기문둔갑."

"뭐, 준다는 말은 안 했네."

"……"

"그렇게 팔 한 짝을 잃긴 했어도 강력한 기문둔갑을 완성했지. 세상에 두려울 것이 없던 그 개자식도 그것만큼은 좀 놀랐을 거야. 키힛! 그래서 쾅! 한 방 먹이고 바로 도주했지. 거기 있었다간 태극진인하고, 그 산속에 틀어박혀 있다 튀어나온 두 거지새끼들하고, 또 뭐 이놈저놈하고… 하여간 아무리 나라도 생명을 장담할 수 없었을걸."

피월려는 검선 외에 다른 점은 별로 궁금하지 않았다.

"검선은 어찌 되었소?"

제갈토가 눈동자를 위로 올리며 계산했다.

"그래도 내가 예전부터 준비하던 거라 꽤 피해가 막심할 거야. 아마 입신의 회복력으로도 거동하려면 꽤 걸릴 거야. 내 예상으론 적어도 열흘? 더 빠를 수도 있지. 키힛."

제갈토의 자랑을 더 듣고 싶지 않은 피월려가 직설적으로 말했다.

"내가 필요한 이유를 말씀하시오, 능수지통."

제갈토는 잠시 피월려를 응시하다 곧 속내를 꺼냈다.

"제갈세가에 같이 좀 가야겠어. 그 미친놈이 회복하면 어딜 찾아오겠나? 내 식솔들이 다 죽게 생겼으니 가주인 내가 지켜내야지. 그러기 위해선 네가 필요해."

너무 뜻밖의 요구라 피월려는 잠시 고민하고 가장 현실적인 문제를 짚었다.

"내가 무슨 도움이 되겠소? 입신의 고수를 상대로."

피월려의 독백 같은 말에 제갈토는 허공을 베는 시늉을 하며 말했다.

"아, 정확히 말하면 네가 아니라 네 심검이야. 그 왜 있잖아? 그거 말이야, 그거. 그냥 획획 다 베어버리는 거. 소림승 몸에 쑤셔 넣을 땐 진짜 인상 깊었지."

"신검 말이오?"

"신검이라니? 혹시 자네가 이름을 붙인 건가?"

"통상적인 심검과 같은 이름을 가졌기에 신검이란 이름을 붙였소."

피월려의 말에 제갈토는 고개를 마구 저었다.

"아니지. 본래 심검은 그걸 뜻하는 거야. 하지만 그것을 이룩한 인간이 수백 년 동안 나오지 않아서 잊었어. 근데 그게 기록에는 나오거든? 믿지는 못하겠고……. 그러니 대충 전설쯤으로 치부하고 믿을 만한 걸로 용어를 재해석한 거야. 마음을 읽는 검으로 말이야."

"……."

"하지만 그 본래 의미는 삼류소설에서 표현하는 그대로 모든 걸 베는 검이다. 마음이 살아 있는 한 불변하는 검. 네가 가진 그 검이야말로 심검의 본래 의미지."

"그럼 내가 전에 쓰던 심검은 무엇이오?"

"아, 사람의 마음을 읽고 심계에서 절대적인 우위를 가지며 펼친 무형검 말인가? 그거야 지들이 똑똑하다고 믿는 백도의 뒷방 늙은이들의 재해석과 맞물려서 우연한 결과를 낳게 된 거야. 역사적 기록이 전설로 치부되는 경우가 생각보다 허다해. 고상한 척해도 인간은 제 눈으로 본 게 아니면 통 믿질 못하니까."

제갈토의 설명을 듣자 피월려는 얼떨떨한 기분이 들었다.

"정말로 그렇소?"

"그렇다니까. 그게 심검이니까, 그냥 편히 쓰게. 하여간 본론으로 돌아가서 검선을 어떻게 상대할 것인지나 논의하세. 나머지는 내가 기문둔갑으로 어찌어찌 할 수 있어. 본 가에 수백 년간 펼쳐놓은 진법까지 이용하면 충분하고도 남지. 근데 그 금강불괴인 몸에 직접적인 피해를 주고 그놈을 저세상으로 보낼 수 있는 건 단언컨대 네 심검밖에 없다. 내 기문둔갑조차 몸에 흠집만 냈을 뿐이니까, 사실."

피월려는 허점을 꼬집었다.

"입신의 고수가 열흘이나 회복해야 하는 상처가 흠집이라니, 스스로에 대한 과소평가가 지나치시오. 그런 엄청난 기문둔갑 실력을 가진 능수지통께서는 나 같은 마졸의 힘이 없이도 본 가에 자리를 잡고 진법을 펼치시면 입신을 상대하는 데 전혀 부족함이 없으리라 믿소."

제갈토는 적극적으로 설득을 계속했다.

"그거야 기습이니까 그런 거고……. 또 네 말대로 하면 앞으로 집에 틀어박혀 있어야 하는데, 그럼 그놈이 살아 있는 동안 내가 집 밖으로 한 발자국도 못 나오질 않나? 전 중원이 피를 흘리고 신음하는데 내가 본 가에 누워서 손가락만 빨고 있음 되겠나? 아니지, 아니야. 그놈을 유인해서 탁 죽여 버려야 해. 호승심 빼면 시체인 그 개놈은 분명 걸려들 거다. 어때, 생각 있나?"

피월려는 딱 잘라 거절했다.

"없소."

"에잉, 다시 생각해 보게."

"없소."

"왜? 입신에 들고 싶지 않아? 입신의 고수를 죽일 기회를 준다니까."

"없소."

"천하제일고수라는 명예는 이떻고? 그것도 니네 교주랑 비슷한 거 알지? 전대 천하제일고수를 꺾어야 얻을 수 있는 거야."

"필요 없소. 나에게도 할 일이 있소."

"신물전 가는 거?"

제갈토의 기슭에 피월려는 눈을 부릅떴다.

"모르는 게 없군."

제갈토가 싱긋 웃었다.

"네 영안을 통해서 보고 나선 더더욱 없어졌지."

"……."

"재미가 꽤 쏠쏠했는데 그 씹어 먹을 년이 안대를 만들고 나선 흥미를 잃었다네. 아, 이참에 그 안대를 없애는 건 어떠한가? 정 필요하면 내가 새로 만들어주겠네."

"됐소. 참고로 없애려 하다간 심검을 상대해야 할 거요."

제갈토는 피월려를 가만히 응시했다.

피월려도 그를 마주 보았다.

그렇게 한동안 시선이 오가고, 제갈토가 먼저 입을 열었다.

"자네 가만히 보니… 그래도 잘생긴 구석이 있군. 술 마시러 밖에 나갔다 오는 동안 시장 거리에서 백 번 이상을 마주쳐도 전혀 위화감이 없을 정도로 평범한 얼굴인 줄 알았는데 말이야."

"……."

"뭐, 거절할 줄 알았네. 하지만 자네는 본 가에 오게 될 거야."

피월려는 코웃음 쳤다.

"흥! 내가 왜 거길 가겠소?"

"입신의 고수가 쫓아오는데 별수 있나."

그 소리를 듣고 피월려는 순간 이해하지 못했다.

그는 잠시 동안 그 말을 꼼꼼히 생각해 보았다.

검선이 왜 자기를 죽이려 한 제갈토가 아니라 그를 쫓는다는 말인가?

피월려는 곧 이해할 수 있었다.

신물주.

본래 마교의 첩자이던 검선은 신물에 관한 제도도 분명히 알 것이다.

즉 피월려를 살려놓은 채 붙잡아놓으면 그것이 곧 신물을 붙잡는 것임을 안다.

이는 새로운 교주의 탄생을 막는 것.

낙양의 일이 정리된다면 이후 집 안에 틀어박혀 있는 제갈토보단 본부로 귀환하려는 피월려가 우선순위가 될 것이 자명했다.

피월려는 씹어 내뱉듯 말했다.

"빌어먹을……."

그는 욕설로 애써 감정을 털어내려 했지만 마음은 전혀 개운해지지 않았다.

제갈토가 말했다.

"그리고 내가 심검마 자네를 도와준 것을 검선이 알게 되면 뭐 더더욱 그렇게 되지 않겠는가? 그놈도 눈이 있고 귀가 있는데 그 정도도 모를까."

피월려는 계산을 했고, 곧 고개를 저었다.

"그렇다 한들 내가 손수 제갈세가로 가서 능수지통을 도와줄 이유 따윈 없소. 내가 갈 길은 남쪽이니 서서히 본 교의 영향력이 커져 검선도 함부로 들어서지 못할 터. 꼭두각시가 필요하시거든 다른 데서 알아보시오."

"여기 펼쳐둔 진법은 당장에라도 없앨 수 있네만."

"그렇게 하시오. 원래 계획에 없던 것이오."

"흐음……."

"이대로 싸울 거면 받아주겠소. 하지만 그렇게 되면 이겨도 심검이 사라지는 것이오. 또한 검선이 나를 일순위로 삼아 먼저 처리한다면 그가 다음으로 향할 곳은 능수지통께서 말씀하신 대로 제갈세가이오. 즉 나를 여기서 죽이면 오히려 그를 도와주는 꼴이지."

피월려의 단호한 어투에 제갈토는 입술을 삐쭉거렸는데, 그 모습이 제갈미의 버릇과 너무 닮아 하마터면 피월려는 소리 내어 웃을 뻔했다.

잠시 후, 제갈토가 낮은 어조로 말했다.

"채찍이 안 통한다면야 당근을 줘야지. 내가 그걸 없애주겠네."

"그거라 함은?"

"소림승이 걸어놓은 것 말이야."

"봉마술 말이오? 제갈미도 그건 못한다고……."

"어허! 떽! 그런 씹어 먹을 년하고 나하고 비교하면 쓰나! 어림 반 푼의 반 푼의 반 푼어치도 없지. 어떤가? 그거 내가 없애줄 테니까 나를 도와주는 거."

"……"

"말이 없는 걸 보니 생각은 있나 보군. 하기야 당장 안 죽고 낙양을 빠져나가는 게 중요하니까. 그럼 이건 이렇게 하지."

제갈토가 서서히 다가와 피월려는 그에게 심검을 펼칠까 고민했다.

그러나 용안심공으로 그를 훑어보아도 조금의 살기조차 찾을 수 없어 소소에 손을 넣기만 했다. 제갈토가 피월려의 가슴 쪽에 손을 쫙 펴고 눈을 감을 때까지, 피월려는 소소를 출수하지 않았다.

얼마나 지났을까, 제갈토가 눈을 떴다. 그동안 아무것도 느끼지 못한 피월려가 제갈토에게 물었다.

"어떻게 된 것이오?"

"풀었네. 하는 김에 몸 치료도 잘되게 길을 터놨고."

너무나 확고한 대답에 피월려는 스스로를 의심할 정도였다.

그는 혹시나 하는 생각에 마기를 끌어 올리려 시도해 보았으나 꿈쩍도 하지 않았다.

피월려는 얼굴을 굳히고 말했다.

"전혀 변화가 없소만."

"그야 지금 위치에선 안 되지."

"무슨 뜻이오?"

제갈토가 남쪽 부근을 가리키며 말했다.

"저쪽에 본 가가 있네. 거기와 거리가 가까워지면 가까워질수록 그 봉마술이 풀리게끔 해놨지. 그렇게 본 가에 도착하면 내가 마지막 매듭을 풀어주겠어. 그럼 자유의 몸이지. 하지만 그걸 그대로 가지고 더 남쪽으로 내려갔다가는 다시 봉마술이 살아날 것일세."

"……"

"순진하게 왜 이러실까? 내가 그걸 다 풀었는데 자네가 그대로 신물전으로 도망가면 어찌하라고. 나도 이렇게밖에 할 수 없음을 이해하게나."

그런 생각을 한 것도 놀랍지만, 그런 수준의 기문둔갑을 손을 펴고 눈을 감은 것만으로 펼친 그의 솜씨가 더욱 놀라웠다.

피월려는 인정하지 않을 수 없었다.

"철저하시군."

"게으름을 피우지 않는 것뿐일세."

"……"

제갈토는 무릎에 손을 얹고 몸을 일으켰는데 오른쪽 무릎만 지지대로 삼으니 중심이 틀어져 갸우뚱하며 발을 접질릴 듯 휘청거렸다.

그는 들리지 않는 작은 소리로 욕지거리를 한 사발 토해내곤 서서히 걸음을 옮기기 시작했다.

그러자 저편으로 움직이는 그의 모습이 점차 투명해져 갔다.

그는 고개도 돌리지 않고 마지막 말을 남겼다.

"본 가에서 보겠네, 심검마. 참고로 내일 정오까지 일곱 시진 남았네."

태양이 하늘 중심에 서는 정오. 그 극단의 힘 앞에선 모든 진법이 파괴된다.

곧 제갈토의 모습은 완전히 투명해져 모습을 감추었다.

"언제 봐도 대단한 적이야. 저런 거절할 수 없는 제안을 하다니."

피월려는 입술을 한번 비트는 시늉을 하더니 곧 눈을 감고 즉시 무아지경에 빠졌다.

제갈토가 벌어준 일곱 시진을 모두 써서 몸을 회복해도 충분치 않았기 때문이다.

                    *               *               *

　종남파의 검공인 낙뢰검공(落雷劍功)은 검의 끝에서 번개를
만드는 공부인데 종남파가 자랑하는 다른 검공과는 다르게
검의 속성이 전혀 없이 오로지 뇌전의 속성만 지닌 기운을 내
뿜는다.

　이것의 가장 무서운 점은 바로 검에 뇌전을 붙잡았다가 뿜
어내는 시기를 마음대로 조절한다는 점이다. 일정의 성취에
이르면 적은 낙뢰검공을 막을 때마다 전기에 감전되는 듯한
고통을 느끼며, 10성의 경우 검을 교차하는 것만으로도 적이
감전되어 죽음에 이를 수 있었다.

　이렇게 언뜻 들으면 완전해 보이는 이 검공에는 사실 치명
적인 단점 두 가지가 있어 사장되다시피 했다.

　하나는 극심한 내력 소모 및 내력의 효율성이다. 낙뢰검공
으로 뇌전을 생성하는 데 필요한 내력보다 그것을 저항할 때
필요한 내력이 훨씬 적다. 적이 하수라면 다른 검공을 펼쳐
그냥 검으로 베어버리는 게 더 빠르고, 고수라면 대부분 자기
보다 내력이 많아 낙뢰검공을 펼쳐봤자 자기 내력만 더 날려
버리는 꼴이다.

　또 다른 이유는 익히기 극도로 어렵다는 점이다. 종남산 정

상에서 떨어지는 벼락을 매년 맞아가며 전기의 속성을 익히고 매일같이 매달려 수련을 쌓는다 할지라도 따끔한 수준의 뇌전를 만드는 데 십 년이 걸리고, 사람이 감전될 만한 뇌전을 만드는 데 이십 년이 걸린다.

이도 뇌전과 속성이 잘 맞는다는 가정하에서나 그렇지 선천적인 친화력이 없는 자는 평생을 수련해도 눈에 보이는 뇌전조차 못 만든다.

낙뢰검공은 어찌 보면 실용적인 면에서 현저히 떨어지는 구파일방의 특징을 고려하더라도 너무나 추상적인 검공이다.

이를 익히느니 차라리 태을신공(太乙神功)을 기반으로 태을진기(太乙眞氣)를 모아 태을신수(太乙神手)나 태을분광검(太乙分光劍)을 익힌다면 두 배는 빨리 같은 수준에 이를 수 있다. 또한 태을진기 자체가 뇌전의 속성을 지니고 있어 자연스레 검기에 뇌전의 힘을 담게 되는데, 뭐 하러 화려함만 추구하는 낙뢰검공을 익히겠는가?

또한 역사가 깊은 종남파는 태을의 무학만 있는 것도 아니다.

밤하늘에 유수(流水)처럼 펼쳐신 은하(銀河)를 기반으로 한 우주적(宇宙的)인 무학(武學)도 있다. 은하천강신공(銀河天强神功)으로 생성하는 은하진기(銀河眞氣)는 은하적성지(銀河摘星指), 천강지(天强指), 천두대구식(天斗大九式), 은하유영비(銀河遊

影飛), 북두천강보(北斗天强步), 천하삼십육검(天河三十六劍), 구궁신행검법(九宮神行劍法), 대천강검법(大天强劍法), 은하비성(銀河飛星)에 모두 쓰인다.

실제로 태을노군 이전에는 은하진기를 기반으로 한 무학이 종남파의 정식 무학이었으며, 태을진기를 기반으로 한 무학은 속가제자를 위한 이등무학(二等武學)이었다. 그런데 이 모든 걸 바꿔 버린 장본인이 바로 태을노군이라는 희대의 천재였다.

어릴 적 그는 속가제자로 입문하였기에 은하천강신공을 배우지 못하고 태을신공을 익혔다.

그런데 청년이 된 그가 은하의 무학 아래라 믿은 태을의 그것으로 정식제자들을 단 일 초식으로 모두 제압해 버리는 사건이 있었다.

이에 종남파 역사에 유래가 없는 속가제자 출신의 후기지수가 되었고 섬서 일대의 고수들을 비롯하여 화산파 고수들과의 비무에서조차 단 한 번도 지지 않은 그는 종남신검이란 별호를 얻는 데까지 이르렀다.

이후 그의 재능을 너무 아까워한 종남파의 어른들은 그에게 태을을 버리고 은하를 다시 배우라 사정했다.

그러나 그 누구도 그의 고집을 꺾을 순 없었다. 그는 애초에 하늘에서 떨어지는 번개에 매료되어 종남파에 입문한지라 뇌전을 다루는 무학의 정점인 낙뢰검공에만 관심이 있었다. 그는 정식제자가 된 이후에도 은하의 무학은 거들떠보지도 않고 오로지 낙뢰검공만을 요구했고, 결국 스승들은 그의 쇠고집에 두 손 두 발을 다 들고 낙뢰검공을 보여주었다.

그는 그렇게 그 비급 하나만 들고 수많은 세월을 종남산 정상에서 번개와 함께 지내며 낙뢰검공을 익혔다.

오랜 시간이 흘러 종남파에 그를 본 적도 없는 사람이 반이 넘어갈 정도가 되었을 즈음 낙뢰검공을 대성한 그가 하산했는데 뇌기가 그의 몸에 서려 마치 기린(麒麟)이 강림한 것 같았다.

그 후 그가 펼치는 모든 검공에는 상상할 수조차 없는 뇌기가 담겨져 있었다.

그가 검을 한 번 휘적거리면 뿜어지는 번개에 내로라하는 고수들도 검조차 잡고 있질 못했다.

검이 부딪치기라도 할 땐 폭발하는 뇌기가 쏟아져 손을 다시 쓰지 못하게 되는 경우도 허다했다. 고수들이 저항할 수 있는 위력을 가뿐히 넘어선 그의 뇌기는 종남파를 포함한 그 누구도 막을 수 없고 그에게 비무를 청한 모든 사람의 무릎을 꿇렸다.

그 엄청난 위력에 매료된 종남파 제자들은 그때부터 그의 뒤를 따라 은하보다 태을을 중시하기 시작했다. 정식제자들조차 은하를 버리고 다시 태을의 공부를 시작할 정도였다. 작금에 와서는 종남파 제자 구 할 이상이 태을의 무학을 따르고 있었다.

결국 그런 젊은 제자들의 강력한 지지를 받아 장문인이 된 태을노군은 스스로 지고한 경지에 이르렀다고 생각했다. 정말 누구에게도 이길 자신이 있었다.

대의명분이 없어 비무를 하지 못했지, 만약 가능하기만 한다면 검선조차도 제압하여 천하제일고수의 자리를 얻을 자신이 있었다.

그는 입신이 코앞이라는 걸 믿어 의심치 않았다.

하지만 아무리 시간이 지나도 입신은 그에게 찾아오지 않았다.

이에 오랜 시간 자기성찰을 한 태을노군은 깨달을 수 있었다.

지고한 경지에 이른 것이 아님을.

그가 남다르게 강한 이유는 사실 너무나도 단순한 이유여서 절대로 인정하고 싶지 않았다.

그러나 결국 그는 자존심을 버리고 인정했다.

절대로 입신에 오르지 못한다는 두려움이 한몫했다.

그가 강한 이유는 아주 간단했다.

검(劍)이 금속(金屬)이라는 점이다.

그는 그저 적의 철검을 통해 적의 기혈에 뇌전을 쉽게 흘려보내는 방법을 터득했을 뿐 뇌기의 한계를 완전히 극복한 것이 아니었다.

그에게 비무를 청한 자들도 모두 금속 재질로 만들어진 무기를 사용했기에 그의 뇌전이 그토록 쉽게 그들을 제압할 수 있었던 것이다.

사실 이는 부끄러운 것이 아니다.

애초에 낙뢰검공의 창시자가 낙뢰검공을 만들게 된 이유가 바로 그 점을 노린 것이기 때문이다.

모든 무인은 철제 무기를 사용하고, 따라서 그 철제 무기에 뇌전을 흘려보낼 수 있다면 무적(無敵)이라는 것이 낙뢰검공의 핵심이다.

그렇기에 그 점을 매우 잘 활용한 태을노군은 그대로 강한 무인이다.

그러나 태을노군의 목표는 무적이 아니라 입신이었다. 그에게 있어 무적쯤이야 입신을 이루면 저절로 따라오는 것에 지나지 않았다.

하나 무적을 꿈꾸고 만든 검공을 통해서 입신에 들어선다는 건 어불성설.

낙뢰검공을 대성한 그는 창시자의 생각 이상의 것을 보고 그 방법도 깨달을 수 있었다.

바로 철검이 아닌 검을 상대하여 이기는 것이다.

이는 단순히 뇌전이 통하지 않는 나무 검 따위를 말하는 것이 아니다.

그 정도는 더 강력한 뇌기를 쏟아부어 태워 버리면 그만이다.

양을 떠나서 본질적으로 뇌기가 절대 범접할 수 없는 것.

적어도 심검 정도는 돼야 성립이 된다.

태을노군은 눈을 번쩍 떴다.

"심검마! 심검마!"

그의 쩌렁쩌렁한 목소리가 얼마나 큰지 그가 있던 무림맹의 벽을 뚫고 낙양 전역에 울려 퍼졌다.

낙양 북문은 물론이고 남문에서조차 그의 목소리가 들릴 지경이었다.

"스승님, 괜찮으십니까?"

자기도 모르게 귀를 틀어막은 곽소벽은 서둘러 스승의 상태를 확인했다.

태을노군은 거친 숨소리를 내며 억지로 몸을 일으키고 있었는데, 피부 위로 꿈틀거리는 혈관과 이글거리는 눈빛이 당장에라도 폭발할 것 같았다.

"심검마는 어디 있느냐?!"

지혈한 심장의 상처가 벌어져 새빨간 선혈이 가슴팍에서

흘러나왔다.

　그러나 태을노군은 아랑곳하지 않고 당장에라도 처죽일 듯 애제자를 노려봤다.

　곽소벽은 자중해야 한다는 말을 감히 입 밖으로 꺼내지 못했다.

　"찾지 못했습니다. 또한 다른 일이 생겨……."

　태을노군은 높은 어조로 곽소벽의 말을 잘랐다.

　"무슨 일?!"

　"그, 그것이… 능수지통께서 무림맹을 배신하고 검선께 칼을 겨누었다 합니다. 지금 무림맹 소속 무인들은 모두 능수지통을… 크윽!"

　태을노군은 손을 뻗어 곽소벽의 멱살을 쥐었다.

　"당장 제자들을 소집해 심검마의 행방을 찾아라."

　"그, 그러나 무림매……."

　"갈!"

　"……."

　"네놈의 사문이 어디더냐? 무림맹이더냐?"

　"아닙니다."

　"그럼 심검마를 찾아라! 제자들에게도 그리 전하고!"

　태을노군이 멱살을 놓자 곽소벽은 호흡을 가다듬고 고개를 깊이 숙였다.

"지금 시간이면 아마 낙양을 빠져나갔을 겁니다. 우선 성 밖에서 흔적을 찾아보겠습니다."

"알았으니 어서 가 찾아라!"

곽소벽이 예를 갖추고 자리를 뜨자 태을노군은 심장 부근을 틀어쥐었다.

겉으로 티를 내지는 않았지만 심장에서 느껴지는 고통은 그와 같은 노강호도 참기 힘들 만큼 극심했다. 어느 정도 고통이 잦아들자 그가 주변을 살펴봤다. 곧 그의 시선이 옆에 있는 그의 검에 머물렀는데, 그것을 본 그의 마음에 허탈한 기분이 가득 차올랐다.

"반 이상이 잘렸군."

검신이 반토막 난 그 검은 종남파 장문인에게 대대로 내려오는 보검 구천구지검(九天九地劍)이었다.

이는 종남파 장문인만 익힐 수 있는 천하삼십육검을 온전히 펼치기 위해 필수적인 검으로 종남파의 시조인 왕중양으로부터 대대로 내려져 온 유래 깊은 검이다.

그것은 태을의 무학으로 정점에 이른 태을노군에겐 사실 쓸모없는 것이었다.

또한 어찌 보면 태을로 천하삼십육검을 능가하는 검공을 만들어 종남파를 새롭게 변화시키겠다는 각오가 있던 그에게 피월려가 수고를 덜어준 셈이다.

그러나 그것이 종남파의 최고 보물인 것은 부정할 수 없는 사실.

이를 부러뜨린 책임은 장문인 자리를 내놓아도 시원치 않았다.

태을노군은 다시 한번 속에서 올라오는 분노에 몸서리치지 않을 수 없었다.

그것은 종남파의 보물을 잃었기 때문에 오는 분노뿐만이 아니었다.

자신의 분광검강으로 심검을 베지 못한 데서 오는 분노가 더 컸다.

태을노군은 세상이 떠나가라 소리쳤다.

"심검마아!"


피월려가 눈을 번쩍 떴다.

"으응? 누가 날 불렀나?"

막 무아지경에서 나온 피월려가 사방을 두리번거렸으나 하늘에서 떨어지는 강력한 햇빛에 눈이 따가울 뿐이다. 마침 정오가 되어 제갈토의 진법이 사라시게 된 것이다.

그는 곧 기지개를 켜며 몸을 풀었다. 전의 싸움에서 입은 피해는 감전에 의한 화상(火傷)이 대부분인지라 외상(外傷)을 치료하는 데 있어 타의 추종을 불허하는 마공의 위력이 발휘

되었다. 때문에 겨우 만 하루가 채 되지 않았음에도 그의 몸은 거의 모두 회복되었다.

곧 피월려는 있던 곳에서 나왔다. 우선 지형을 살피기 위해서 가장 높은 곳을 찾았는데 당장 눈앞의 높은 건물이 눈에 띄었다.

그곳은 예전에 시간을 알려주는 역할을 하던 고루(鼓樓)로 중원에서 몇 손가락 안에 꼽을 정도로 큰 북이 있는 곳이다. 하지만 지금은 황궁에 있는 종루(鍾樓)가 그 역할을 대신하고 있어 약 일 년간 주인 없이 방치되었다.

짧은 세월이지만 주인 없는 건물에겐 너무나 긴 시간이었는지 그 고루는 온전한 곳이 없어 보였다.

허물어진 기둥이 반 이상을 차지했고, 숭숭 뚫린 벽이 사방에 가득했다.

뒷골목의 주민들도 그곳을 흉가라 생각했기에 어떠한 세력도 그 건물을 차지하지 않았는데 그 때문에 묘한 귀기(鬼氣)가 가득했다.

피월려는 정오의 강력한 양기에 꿈틀거리는 극양혈마공을 느꼈다.

제갈토가 확실히 일을 하긴 했는지 미량이지만 마기를 분명히 느낄 수 있었다. 마치 금이 간 유리잔에서 물이 새어 나오는 것 같았다.

피월려의 안광에서 조금씩 마기가 흘러나왔다. 그냥 지나친 다면 전혀 모르겠지만 그와 눈이 마주친다면 마기를 느낄 수 있을 수준이다.

"대낮에도 사람이 없군. 이 정도 크기면 누가 본거지로 삼 아도 오래전에 삼았을 텐데……."

고루에 들어선 피월려는 먼지가 가득한 그 내부를 걸으며 중얼거렸다.

고루 안은 이미 값이 나갈 만한 건 모두 사라진 채 몇몇 가 구 쪼가리만 남아 있었는데 그 환경에서 느껴지는 귀기는 그 안의 공기를 이상하리만큼 차갑게 만들었다.

초여름이라 생각할 수 없는 그 한기로 미루어 짐작할 때, 적어도 수개월간 사람이 단 한 번도 들어서지 않은 것이 분명 했다.

그렇게 피월려는 계단을 찾아 헤맸으나 어디에도 보이지 않 았다.

아마 위층에 있는 사람이 사다리를 내려줘야 올라갈 수 있 는 구조로 된 것이라 피월려는 짐작했다.

그는 소소를 꺼내 들어 주변의 음기를 모으면서 금이 간 봉 마술에서 새어 나온 극양혈마공의 양기와 섞어 태극음양마공 의 마기를 생성했다.

한 식경씩이나 걸려 겨우 금강부동신법을 펼칠 만큼이 모

이자 피월려는 아까 봐둔 천장에 난 구멍으로 향했다. 그러곤
보법을 펼쳐 그 위로 들어갔다.

탁!

그의 발이 들어서자마자 한층 강해진 귀기가 피월려의 피
부를 강하게 짓눌렀다.

피월려가 보아하니 창문이 모두 핏빛으로 물들어 일말의
햇빛조차 들지 않고 있었다. 코를 자극하는 악취는 피월려도
잘 아는 냄새였다.

시체와 피의 냄새.

"창문을 사람의 피로 칠해 햇빛을 막았군. 탐험하고 싶은
욕구가 가득해지지만 지금은 그럴 신세가 아니지."

그는 소소를 붙잡고 언제라도 심검을 펼칠 만반의 준비를
갖췄다.

이곳이 어떤 광인의 소굴이든지 간에 그 광인을 죽일 자신
감이 그에게 있었기 때문이다.

피월려는 계단을 찾아 걸음을 서서히 옮겼다. 불행하게도
바로 뒤쪽에 있는 계단을 보지 못하고 앞으로 걸어간 피월려
는 그 층 전체를 전부 돌고서야 계단을 찾을 수 있었는데, 그
층의 풍경은 아주 가관이었다.

"시체가 사십이 구……. 남녀노소를 가리지 않고 아주 제대
로야. 몰래 마공을 익히는 자의 소굴인가? 낙양 북쪽에 이런

곳이 있다니, 백도에 속해 있는 자로군."

피월려는 흥미가 돋아 시체를 살펴보았다.

깨끗하게 베인 흔적을 살핀 그는 그것이 심상치 않은 솜씨의 검공에 당한 검상임을 알 수 있었다. 검에 사람의 몸이 베일 땐 검신과 육신에 생기는 마찰로 인해서 자연스레 주변이 안으로 빨려들어 가게 되는데, 그 시체들에 생긴 검상에는 그런 마찰의 흔적이 전혀 없었다. 용안심공으로 그 단면을 아무리 살펴보아도 어느 방향으로 검이 베었는지 파악할 수 없을 정도였다.

피월려는 서둘러 계단을 오르면서 자기도 모르게 침을 삼켰다.

"본 교 출신인 검선의 작품일지도 모르겠군. 그가 입신에 오른 것도 마공에 의한 것일 수도 있고……. 상황이 이렇지만 않았어도 오래 볼 텐데."

계단은 끝이 없는 것처럼 이어졌다. 시계방향으로 도는 그 계단은 그대로 꼭대기까지 이어지는 듯했다. 계속해서 돌고 있으니 머리가 어지러워 오는 게 마치 진법에 빠진 듯한 착각마저 들게 했는데, 다행히 햇볕이 내리쬐는 계단의 끝이 보였다.

밖으로 나가자 먼저 상쾌한 공기가 그를 반겼다. 그리고 아직까지도 그 위풍을 잃지 않은 대고(大鼓)는 먼지 속에 따리를 튼 잠룡과도 같았다. 가히 태고(太鼓)라 칭해도 부족하지 않을 것 같은 그 크기에 피월려는 순간 정신을 빼앗길 수밖에 없었다.

피월려는 숨을 한 번 들이켜고는 전 방향으로 광활하게 펼쳐진 낙양의 모습을 한눈에 보았다.

개미처럼 보이는 수많은 낙양인들은 분주하게 거리를 움직여 각 대로마다 인산인해를 이루었다.

무리를 지어 움직이는 무림인들은 모두 살벌한 기세가 등등했는데, 낙양의 중심지보다는 모두 외곽에 나가 있는 듯했다.

"어떻게 빠져나가야 할까……."

피월려는 눈을 모으고 이곳저곳을 살펴보는데 갑자기 그의 눈이 움직이지 않는 것을 느꼈다.

별다른 이상함을 느끼지 못한 그가 눈길을 돌리려 했는데, 용안심공이 경종을 울리며 그의 시선을 놔주지 않았다.

피월려는 하는 수 없이 초점을 모아 그곳을 더 자세히 보았다.

낙하강 남쪽 강변에서 수많은 뱃사람 사이에 섞여 방긋 웃으며 손을 흔드는 누라는 피월려가 자기를 보고 있음을 아는 듯했다.

피월려는 그 즉시 고개를 숙였다.

쿠― 우우우우우우우웅!

고막을 찢는 듯한 울림에 피월려는 귀를 틀어막으며 뒤를 보았다.

그곳엔 누라의 화살에 의해 일 년 만에 처음 자기의 존재를 만천하에 드러내는 대고가 있었다.

그 소리가 얼마나 깊고 웅장한지 피월려가 밟고 있는 바닥이 위아래로 떨리며 공진(共振)했다. 낙양의 수많은 건물들 또한 그 소리에 반응하여 흔들렸고, 이에 모든 낙양인과 무림인들은 자기가 하는 일을 멈추고 그 소리가 나는 고루를 바라보았다.

다행히도, 그들은 피월려의 모습을 보지 못했다. 일 년간 수북하게 쌓인 먼지가 강한 진동에 의해 자욱이 퍼지며 안개 같은 역할을 했기 때문이다.

다만 그 속에서 갑작스레 먼지 폭풍을 맞은 피월려는 눈, 코, 입 세 곳 전부에서 물을 쏟았다.

"크흡, 큽."

피월려는 기침을 하면서도 누라에게 온 신경을 쏟았다. 그렇게 몇 발의 화살이 그의 몸을 향했는데, 피월려는 마끽 비닥에 엎드려 각도를 주지 않았다.

쿠― 우우우! 쿠― 우우우! 쿠― 우우웅!

화살은 모두 대고를 강하게 울렸고, 그 엄청난 소리는 다시금 낙양 전역에 울려 퍼졌다.

사람들은 이제 그 일에 대해서 의구심을 갖기 시작해 이상한 눈초리로 고루를 보았다.

자욱한 먼지에 온몸이 회색빛으로 변한 피월려는 바닥을 기어 계단 쪽으로 나오면서 두 손으로 얼굴을 마구 씻어 내렸다.

"크학, 큭, 크흡! 젠장, 설마 아직도 기다리고 있었나? 그 순간에 나를 바로 찾았다고? 그리고 그 화살들도 이상해. 북을 꿰뚫는 게 아니라 북을 치다니."

이는 누라가 내력을 다스려 화살에 중(重)의 묘리를 담고 투(透)의 묘리를 제거한 것이다. 즉 피월려를 노린 것이 아니라 의도적으로 북을 친 것이다.

누라는 괜히 흑룡대원이 아니다.

이 넓은 낙양 땅에서 피월려의 위치를 즉각 찾는 것하며 그토록 정교하게 화살을 다루는 것하며 궁사로서 정말 무서운 실력을 가지고 있다.

누구라도 그녀에게 쫓기는 신세가 된다면 걸어가다 심장이 뚫려도 모를 것이기에 항상 긴장하고 주변을 살펴야 하고, 또 그 때문에 엄청난 정신력 및 체력의 손실로 며칠 가지 못해 죽게 된다.

사천에서 함께할 때, 그녀는 그 방법으로 백도의 초절정고

수 사냥에 성공했던 것을 피월려에게 자랑했었다.

맨 처음 운 좋게 다리를 맞춘 것이 크긴 했지만, 그 때문에 그 고수는 매번 누라와의 거리를 좁힐 수 없었고, 피를 말리는 사냥 방법으로 궁지에 몰아 열흘이 채 지나기도 전에 머리를 뚫었다고 했다.

낙하강을 건너 남쪽으로 갈 수 없는 피월려도 누라와의 거리를 좁힐 수 없다는 점에서 그 백도의 초절정고수와 비슷한 상황이다.

다만 그에겐 용안심공이 있어 심리적인 압박에서 자유롭고 화살을 미리 피할 수 있었다. 이는 궁에 극상성으로 피월려가 절대적으로 유리하다.

이를 누라 본인도 잘 알고 있었기 때문에 피월려를 직접 공격하기보단 주변 환경을 이용하여 백도고수에게 쫓기게 만드는 것이다.

그리고 백도고수와의 싸움에 바쁜 피월려를 노리는 방향으로 갈 것이다.

서로의 이점과 난점이 분명한 상황.

피월려는 역시 처음 생각한 수로를 이용하는 방법보다 좋은 것이 없다고 결론을 내렸다.

사천에서 가도무를 잡을 때 누라가 말하기를 물이 맑아서 상관이 없다고 했다.

이는 천도 사업으로 인해 물이 상당히 탁해진 낙하강에선 상관이 있다는 뜻이며, 즉 강물 아래로 움직인다면 누라에게 표적이 될 가능성이 적다는 뜻이다.

그는 서둘러 계단 아래로 내려갔다.

그가 끝에 도착했을 땐 그 아래층에서 울릴 리 없는 북소리에 조사를 나온 무림맹 무인들이 위로 올라가는 계단을 찾고 있었다.

"저 구멍이다. 저 구멍을 통해서 올라가라."

게다가 이미 위로 올라오는 구멍을 찾아 보법을 펼쳐 위로 올라왔다.

위로 올라온 자 중 반은 착지하는 직후 헛구역질을 시작했다.

"으윽! 이, 이게 무슨 냄새… 우웩."

계속해서 올라오는 자들의 숫자가 많아지자 피월려는 다시 발을 돌려 계단을 달렸다.

그가 반쯤 올라갔을 때, 누군가 그의 발자국 소리를 들었는지 큰 소리로 외쳤다.

"위쪽이다! 위에 누군가 있다!"

"어! 저, 저! 서, 서라!"

피월려는 소소를 꺼내 들고 빠른 속도로 꼭대기까지 올라갔다.

그렇게 그의 고개가 보이자마자 누라는 활시위를 당겼다.

팟!

심검에 쪼개진 화살은 가는 머리카락이 되어 뒤로 팔랑거렸다.

피월려는 누라에게까지 공격을 받으니 차라리 계단에서 맞상대하는 것이 좋다는 판단을 내렸다.

그가 빠른 속도로 다시 내려오니 위로 올라오는 무림맹 검객들과 마주치는 건 시간문제였다.

"누, 누구냐! 저런 천인공노할 짓을 하고도 무사할 줄 알았더냐!"

가장 앞에서 대표로 외치는 검객은 뒤의 검객들을 이끄는 수장급으로 보였다.

피월려는 그 말에 전혀 반응하지 않은 채 아랑곳하지 않고 소소를 들이밀었다.

심검에 대해서 전혀 모르는 그 검객은 머리가 반토막이 날 때까지도 자기가 죽었다는 것을 인지하지 못했다.

푸— 슉.

피월려가 소소를 서두지 그게아 뇌압으로 인해 뇌수와 핏물이 그 검객의 앞뒤로 터져 나왔다.

이를 두 눈으로 보고도 믿을 수 없던 무림맹 검객들은 피월려가 사술을 부려 손도 대지 않고 머리를 터뜨린 것으로 생각했다.

"고, 고수! 하, 합격진을 펼쳐라! 어, 어서!"

"하, 하지만 이런 지형에서… 크악!"

피월려가 횡으로 소소를 휘두르자 멀찌감치 떨어져 있는 검객의 목이 잘려 말을 마치지 못했다.

무림맹 검객들의 얼굴은 서서히 공포로 물들기 시작했고, 구심점을 잃은 그들에게 공포는 빠르게 전염될 수밖에 없었다.

"후, 후퇴해! 어서!"

"도망가!"

그렇게 한두 명씩 사라지고 끝까지 자리를 고수하고 있는 건 오대세가와 구파일방의 제자뿐이었다. 총 일곱으로 그들은 피월려를 향한 두려움을 감추지 못했지만, 그래도 검을 붙잡은 손에 힘을 빼지 않았다.

내공이 없어 보법을 펼치지 못하는 피월려도 함부로 그들에게 달려들 수 없어 용안심공으로 그들의 실력을 우선적으로 파악했다.

그중 청(靑)이란 푸른 글귀가 쓰인 흰 영웅건을 두른 검객이 먼저 말했다.

"저건 심검(心劍)이다."

그러자 다른 고수가 고개를 흔들었다.

"그건 전설에서나 나오는 거다. 심검이란 상대의 심리를 꿰뚫는 검이지, 진짜 저렇게 실존하는 게 아니야."

"그럼 그거 말고 다르게 설명할 길이 있나?"

"……"

"내가 주(主)가 되어 저 검을 받아내겠다. 뒤에서 검기로 나를 보좌하고 기회를 노려 공격해라."

그의 말에 그중 아미파로 보이는 유일한 여고수가 반발했다.

"왜 당신이 주가 되어야 하죠?"

그 사내는 자신하듯 말했다.

"저 검은 막을 수 없는 검. 청성(靑城)의 검공과 보법은 적의 공격에 절대 맞서지 않소. 소협들과 소저께서 이런 무공을 익혔다면 얼마든 주의 자리를 내주겠소."

"……"

그 사내의 말에 모두 꿀 먹은 벙어리가 되었다. 그들이 익힌 검공은 적든 많든 적의 검을 맞상대하는 부분이 반드시 있었기 때문이다.

이를 확인한 청성파 검객은 먼저 당당히 보법을 펼쳐 피월려에게 다가왔다.

그는 곧 검을 들어 피월려를 향해 횡으로 베었는데 이상하게도 검날이 아닌 검면으로 휘두르고 있었다.

이는 청성파가 자랑하는 청풍검공(淸風劍功)으로, 중원에서 검풍의 묘리를 가장 많이 연구한 청성파의 기본 검법이다. 말 그대로 부드럽고 맑은 바람을 검에서 일으켜 적을 서서히 감싸게 된다.

그 검공을 본 여섯 고수는 제각각 검에 내력을 주입하여 언제라도 검기를 쏠 준비를 했다.

피월려는 소소를 틀어 횡으로 베는 그 검객의 검을 그대로 베어버렸다.

스윽!

검끝에서부터 서서히 갈라지는 선은 그대로 쭉 검신을 타고 내려와 칼자루를 지나고 그 사내의 손도 지나서 팔꿈치까지 이어졌다.

촤악!

곧 피가 뿜어졌고, 청성파 고수는 두 갈래로 갈라진 자기의 오른팔을 부여잡으며 그대로 뒤로 꼬꾸라졌다.

"으아아! 으아악! 으악!"

청풍검공이 적의 검과 맞상대하지 않을 수 있는 이유는 바로 검풍을 일으키기 때문이다.

때문에 검풍조차 잘라 버릴 수 있는 심검에겐 아무런 이점이 없었다.

이를 본 여섯 명은 전부 침을 꼴깍 삼켰다.

피월려가 그들을 내려다보며 말했다.

"절정이라도 가능성이 없다. 그 아래라면 말할 것도 없지."

"……."

"목숨이 아깝거든 돌아가라."

"마, 마인 주제에 어디서 그따위 입을 놀리느냐! 사문의 복수를 해주겠다! 으아!"

그 여섯 중 한 사내가 피월려에게 무작정 달려들었다. 그가 펼치는 검공은 이미 피월려가 과거에 충분히 경험해 본 것이었고 또 그 실력조차 너무 떨어졌기 때문에 그가 어떻게 공격할지 너무나 뻔히 보였다.

태원이가의 무공은 이제 지겨울 정도이다.

피월려는 허리를 꺾으면서 오른발로 그 남자의 턱을 공격했다.

패검의 극치를 달리는 그 검이 허무하게 피월려의 옆을 지나갔고, 그 사내는 턱을 맞아 정신을 반쯤 잃었다.

"으윽."

피월려는 주먹을 쥐고 정자세를 취한 뒤 그 사내의 명치를 가격했다.

퍽!

태원이가의 검객은 비명조차 지르지 못하고 절명했다.

피월려가 그 사내를 옆으로 밀어버리자, 이를 본 아미파 여고수가 떨리는 목소리로 말했다.

"내력조차… 아까운……."

피월려가 다시 말했다.

"알겠지만 나는 심검마다. 나와 철천지원수인 태원이가야 그렇다 쳐도 너희들과는 척을 진 일이 없는데 말이지. 또한 무림맹도 이제 막 만들어진 단체. 서로 간에 유대감도 없을 터이고."

여고수가 그의 말을 듣고 말했다.

"저희가 간다면 보내줄 건가요?"

그녀의 질문에 반발한 것은 다른 검객들이었다.

"무, 무슨 소리요? 저자는 마인이오. 보내줄 리가 없지 않소?"

"여기서 모두 죽거나 사는 것이오! 약한 소리하지 마시오!"

피월려는 그들의 소란을 단번에 잠재우는 낮은 목소리로 말했다.

"이미 다른 자들을 보내준 것으로 증명한 것 같은데?"

모두가 조용한 가운데 여고수가 말했다.

"이번엔 물러가겠어요. 그러나 저 많은 생명을 죽인 죗값은 반드시 치르게 될 거예요."

"믿지 않겠지만 내가 한 것이 아니야."

"……."

"가라, 마음 바뀌기 전에."

피월려의 마지막 으름장에 여고수는 오른팔이 두 갈래로 갈라진 청성파 고수에게 다가갔다. 그는 상당한 출혈과 고통으로 인해서 입에 거품을 물고 기절한 상태였다. 점혈로 팔의 출혈을 멈추게 만든 그녀가 그를 어깨에 메고 피월려를 올려다보았다.

"스스로 한 말은 지키리라 믿겠어요."

그녀는 몸을 돌려 나갔고, 이에 다른 검객들도 하나둘씩 뒷걸음질 치기 시작했다.

곧 모두 모습을 감추자 피월려는 작게 안도의 한숨을 쉬었다.

제갈토의 도움으로 봉마진이 조금 깨져 있어, 현재 새어 나오는 마기론 기껏해야 반각에 한두 번밖에 보법을 펼치지 못한다.

즉 싸우는 동안 계속해서 그들의 보법을 따라갈 재간이 없는 것이다.

따라서 그들이 보법을 이용하여 피월려의 검경(劍境) 밖에서 검기를 쏜다면 지원이 노삭할 때까지 충분히 오랜 시간을 끌 수 있을 것이다.

피월려는 죽은 태원이가 검객을 등에 업고 계단을 올라갔다. 아마 그들의 보고로 인해서 절정고수나 태을노군처럼 심검에 호승심이 생긴 초절정까지도 들이닥칠 수 있었다. 때문에 이곳에서 벗어나야 하고, 그 방법은 오로지 하나밖에 없었다.

피월려의 고개가 밖으로 나오자마자 역시 누라의 화살이 그를 반겼다.

이를 용안심공으로 미리 보고 고개를 돌려 가볍게 피한 피월려는 그동안 새어 나온 마기를 운용하여 공중에 그 시체를 집어 던졌다.

하늘에 붕 떠오른 시체.

마지막 마기까지 짜낸 피월려는 그것으로 금강부동신법을 펼쳐 공중에 몸을 던졌다.

피융!

피융!

푹―!

푹―!

몇 발의 화살은 심검으로 쳐냈고, 몇 발의 화살은 시체에 박혔다.

공중에 있는 이상 금강부동신법이라 할지라도 완전히 화살을 피할 순 없었기에 피월려는 자신의 몸과 시체, 그리고 누라의 위치가 정확히 한 선에 놓이도록 보법을 최대한 운용했고, 그 와중에도 각을 찾아낸 누라의 화살을 심검으로 쳐

내야 했다.

푸슉!

푸슉!

푸슉!

화살은 전보다 훨씬 느려진 시간 차를 두고 날아왔는데, 그만큼 투과력이 상승했는지 시체를 뚫어버리고 피월려에게까지 날아왔다. 아쉽지만 사실 그 시체가 지금까지 막아준 것도 매우 크다.

그렇게 피월려는 최선을 다해서 심검으로 화살을 쳐냈는데, 조금 지나자 맞을 걸 알고도 도저히 피하거나 막을 수 없는 수준의 화살이 하나씩 날아왔다.

푹.

푸욱.

푹.

급소를 동시에 노려 양자택일을 강요하는 그 수법을 보니 누라는 그전에 몇 번의 시행착오를 통해서 피월려의 한계를 정확히 간파한 것이 틀림없었다. 만약 그녀에게 조금만 더 시간이 있었다면 피월려의 심상이나 미리를 꿰뚫었을 것이다.

풍덩!

풍덩!

피월려가 시체와 함께 수로로 떨어지자 엄청난 물보라가 일어났다. 마침 다리를 건너던 사람들은 해가 쨍쨍한 대낮에 온몸이 젖는 봉변을 당했다.

이를 본 사람들이 모여들어 무엇이 떨어졌는지 찾아봤는데, 그들이 볼 수 있는 건 강 위로 떠오른 태원이가 검객의 시체뿐이었다.

# 제팔십구장(第八十九章)

귀식대법(龜息大法)은 오랜 무림의 수법으로 몸의 신진대사를 극한으로 낮추는 공부를 통칭하는 말이다.

이를 펼치면 신체는 마치 나무토막이 된 것처럼 숨을 쉬지도 음식을 먹지도 않는데, 그 대신 오랜 시간 동안 생명을 보전할 수 있는 것이 특징이다.

암살에 용이한 덕에 살문(殺門)에서는 이를 특화하여 살공을 만들기도 하고, 정보를 다루는 하오문에서도 이를 발전시켜 만든 암공이 많이 있다.

그러나 대부분의 무림인들은 가장 기본적인 형태의 것만

익히고 그 이상은 생각하지 않는다.

피월려도 그들처럼 잡공서를 통해 기본적인 귀식대법을 배웠다.

전음, 점혈, 경공 등 내력을 지닌 자가 유용하게 쓸 수 있는 수법들이 간략하게 적혀 있는 잡공서의 수준은 가장 기본적인 형태를 벗어나지 않았기에 피월려의 귀식대법도 어떤 특별한 구결도 없는 설명문에 지나지 않았다.

내용을 살펴보면 숨을 멈추고 속의 기를 다스려 일주천을 하듯 기로 장기들을 달래면 가빠오던 숨이 점차 나아지고 심장 박동이 느려지며 시간 감각이 서서히 사라진다는 게 전부이다.

강물 깊숙한 곳에 숨어 몸속에 박힌 누라의 머리카락을 빼낸 피월려는 눈을 감고 설명문 그대로 귀식대법을 행하기 시작했고, 실제로 그는 점차 편안해지는 것을 느꼈다. 정신이 아득해지고 감각이 사라지자 나무토막처럼 변한 그의 몸은 강물의 자연스러운 흐름을 타고 서쪽으로 흘렀다.

하지만 그의 귀식대법은 가장 기본적인 형태. 주하나 혈적현이 익힌 것처럼 몇 날 내질이고 숨을 안 쉬어도 생존할 수 있는 것이 아니었다.

겨우 두 시진이 막 지나지 않아 그는 다시금 서서히 숨이 가빠오는 것을 느꼈고, 그것을 인식하자마자 거대한 쇠사슬이 몸을 옥죄는 듯한 답답함이 엄습했다.

"꼬르륵."

폐에 물이 들어찬 것을 느낀 피월려는 이대로 물 밖으로 나가지 않으면 죽을 수도 있다는 생각을 했다. 그는 허우적거리면서 수면 위로 올라갔다.

"어푸!"

낙양 서쪽 부근에서 잔잔한 낙하강 위로 피월려가 고개를 내밀었다. 그는 먼저 폐에서 물을 토해내고 공기를 흡입했는데, 마치 뜨거운 사막에서 시원한 냉수를 마시는 것처럼 시원했다.

정신을 차린 그가 태양을 보니 시각은 대략 신시쯤 되는 것 같았다.

그때였다, 누군가 피월려의 다리를 잡아당긴 것이.

"크윽! 쿱!"

피월려는 빨려들어 가듯 강물 아래로 점차 가라앉기 시작했다.

그는 서둘러 품속에서 소소를 찾았는데, 그조차 어디 갔는지 손에 잡히지 않았다. 피월려가 아래를 보니 탁한 물로 인해 그의 다리를 잡아당기는 사람의 얼굴조차 흐릿하게 보였다.

다만 얼핏 보이는 형태를 통해 그 사람이 한쪽 팔이 없다는 사실을 알 수 있었다.

그 사람이 무언가 피월려에게 건넸다. 피월려가 받아보니 그것은 낫 모양으로 길게 이어진 대나무였다. 길이는 일 장을 가뿐히 넘어 물살에 부러지지 않을까 의문이 들 정도였다. 피월려는 서둘러 그것을 입에 가져가 강물 위로 그 대나무 끝을 빼내고, 숨을 불어넣어 그 속의 물을 제거한 뒤 숨을 쉬기 시작했다.

피월려가 안정을 되찾자 그 사람이 앞으로 가까이 다가왔다.

익숙한 얼굴, 혈적현이었다.

그는 손짓으로 자기를 따라오라고 한 뒤 한쪽 방향으로 헤엄치기 시작했다.

피월려도 그를 따라가려는데 어느새 저 멀리 있는지 피월려는 따라잡기 급급하여 혈적현이 어디로 가고 있는지조차 몰랐다.

혈적현의 속도는 도저히 한 팔로 수영하는 사람이라 믿을 수 없을 정도로 빨랐다.

얼마나 지났을까?

혈적현은 수면 위로 올라갔고, 피월려도 따라 올라갔다.

"어— 푸."

어두컴컴한 그곳은 작은 몇 개의 촛불만이 겨우 주변을 밝히고 있었다. 어느 건물 지하인데, 그 지하에 낙하강으로 통하는 큰 구멍이 있어 그곳으로 그들이 헤엄쳐 나온 것이다. 피월려는 밖으로 나오나마자 코를 찌르는 악취에 온 인상을 찌푸렸다.

"으! 여기는 어디야?"

혈적현이 젖은 옷을 벗으며 태연하게 말했다.

"옛날에 객잔으로 쓰이다가 이젠 버려진 곳의 지하다. 이 주변의 쓰레기는 전부 이곳을 통해서 낙하강으로 버려지기 때문에 냄새가 좀 날 거다."

"좀 난다고? 혀를 내밀면 악취의 맛이 느껴질 정도로 진한데?"

"내 계산상 이곳만큼 은밀한 곳은 없었다. 더 투덜거리지 말고 이거나 받아라."

혈적현이 집어 던진 소소를 받은 피월려가 젖은 옷을 벗으며 말했다.

"언제 떨어뜨렸지?"

"처음 네가 그 형편없는 귀식대법을 펼칠 때 품에서 빠져나와 강바닥으로 추락하더군. 게다가 귀식대법은 고작 두 시진밖에 펼치지 않았는데 깨져 버리고. 그런 쓰레기 같은 걸 도대체 어디서 익힌 거야?"

"……"

"아, 그리고 태극지혈도 가져오려 했는데 지부에서 누군가 가져가 버렸다. 누군지 알아보려 했는데 자칫 잘못해 내가 널 만난다는 걸 들킬까 봐 관뒀다."

피월려는 대수롭지 않다는 듯 말했다.

"교주겠지. 아니면 후빙빙이거나. 네가 검집을 만들어주어서 잘 썼는데 말이지. 하지만 이젠 상관없어."

"상관이 없다니, 단순한 검이 아니라 내공 및 심검에도 영향이 있는 거잖아."

"더 좋은 걸 얻었어."

"뭐?"

피월려는 비밀을 들키고 싶지 않아 하는 어린아이처럼 웃었다.

"나중에 보여주지. 하여간 내가 수로에 몸을 던졌을 때 이미 그 주변에 있었던 거야? 내가 어떻게 그쪽으로 떨어질 줄 알고?"

혈적현은 피월려의 비밀이 궁금했다. 그러나 그는 원래 억지로 묻는 성격이 아니었다.

그는 코웃음을 쳤다.

"북을 쳐준 덕분에……. 처음 도착했을 땐 무림맹 무사들이 전부 그 건물로 들어가는데, 내가 해줄 수 있는 게 없더군. 그러다 꼭대기에서 도망갈 방법은 수로에 몸을 던지는 것밖에 없다는 생각이 들었다. 먼저 잠수하고 기다렸지."

"다행이군. 너나 나나 마기가 없어서 저쪽도 우릴 찾기 힘들었을 거야. 그 점 하난 참 좋아."

"그래서 낙양 전역에 울리는 북을 치냐? 아니, 도대체 무슨 생각으로 그 북을 친 거야? 미친놈이라는 소리가 절로 나왔다."

피월려는 한쪽 눈썹을 올렸다 내렸다.

"내가 친 거 아니야. 마궁이 쳤지. 날 노리더군."

"마궁? 그 흑룡대원 마궁 누라를 말하는 건가? 그래서 그런 상처가 난 거군. 벌써 다 아문 것 같긴 한데, 어때?"

피월려는 상처를 툭툭 치며 말했다.

"괜찮아. 그보다 제갈미한테 이야기 못 들었어? 누라가 나를 노리고 있다고."

혈적현은 이상하다는 듯 고개를 갸웃했다.

"네가 같이 있었잖아."

"복귀를 못 한 건가?"

"위험에 처했을 수도 있겠군."

피월려는 젖은 옷을 하나씩 펴며 말했다.

"입신도 상대할 만하다니까, 뭐. 자신 있겠지."

그를 물끄러미 보던 혈적현이 물었다.

"걱정 안 되나?"

"……."

"되긴 되나 보군."

"네가 오해하는 그런 사이는 아니야."

"글쎄. 몸을 섞으면 정이 생기는 건 당연지사지. 특히 지속적으로 음양합일을 하면 안 생길 수가 없어."

"아니라니까."

애같이 부정하는 피월려의 말에 웃음을 애써 참은 혈적현은 어딘가에서 장작을 가져왔다.

역시 쾌쾌한 냄새가 나는 것이 몇 년은 지난 것 같았다. 그는 또다시 구석에서 나무 상자를 가져왔는데, 약장수들이 등에 메고 다니는 사각형 모양이다. 그가 거기서 꺼낸 어떤 도구를 이용해 불을 지폈는데, 반쯤 썩은 장작치곤 의외로 불이 잘 붙었다.

그걸 본 피월려가 말했다.

"없는 게 없군."

혈적현이 장작에 바람을 불어 넣으며 농담을 건네왔다.

"팔, 눈, 그리고 무공이 없지."

"……."

혈적현은 자기의 농담이 통하지 않자 한층 더 강한 걸로 밀어붙였다.

"여자도 없다."

피월려는 피식 웃곤 받아주었다.

"어차피 무공을 잃었으니까 상관없지 않나? 하나 만들어."

혈적현이 익힌 무공은 동자공으로 여인과 음양합일을 할 경우 몸에 지대한 악영향이 생기는 무공이다. 피월려는 이것을 말한 것이다.

혈적현은 고개를 느리게 흔들었다.

"팔과 눈이 잘려 나가면서 무공을 못 쓰게 된 것이지, 내공에 직접적인 문제가 생긴 건 아니야. 아직은 몸속에 잔재하는 내공이 있어. 차근차근 다 지워낼 때까지 모험을 할 순 없지."

그의 말에 피월려가 갑자기 생각난 걸 조심스레 물었다.

"아, 여자 이야기 나온 김에 하나만 물어보지. 혹 류서하에게 어떤 감정이 있나?"

"갑자기 왜?"

"그냥. 하기야 너는 원래 서린지한테 관심 있었지. 아니다."

피월려의 속내를 눈치챈 혈적현이 눈초리를 모았다.

"너… 설마 북경제일미랑?"

"……"

"대단하시구만. 객잔에서 봤을 땐 말 안 했잖아?"

"뭐, 주하가 말해서 아는 줄 알았지. 이제 보니 제갈미한테만 말했나 보네."

누가 봐도 일부러 숨긴 것이지만, 혈적현은 그냥 넘어가기로 했다.

"관심 없으니까 걱정 마라. 자랑하는 방법도 가지가지군."

"내가 가진 유일한 우정을 깨고 싶지 않았을 뿐이다."

혈적현은 불꽃을 응시하다 툭하니 말했다.

"그랬다면 당문을 받지 말았어야 해."

피월려는 이 화두가 나올 때 어찌할까 생각해 둔 말로 논점을 돌렸다.

"그래서 선물 줬잖아."

"그 용골(龍骨) 말인가?"

"그래. 잘 받았나 보군. 어때? 내가 전에 말한 거 맞지? 내력을 소멸시킨다고."

혈적현은 전에 그런 것은 존재하지 않는다고 으름장을 놓았다.

때문에 그는 헛기침을 몇 번 하며 사과할 수밖에 없었다.

"크흠……. 그땐 내가 좀 언성을 높였지. 미안하게 됐다. 연구 결과, 네가 말한 것처럼 용골은 원천적으로 모든 내력을 소멸시키는 힘이 있다고 볼 수 있다. 닿는 건 검기고 검강이고 전부 소멸시키며 섬 속에 담긴 내력조차도 증발시켜 버렸다."

"그래서 천서휘가 가진 서화능의 유품과 같은 재질이냐?"

혈적현은 모욕을 받은 것처럼 얼굴을 찌푸렸다.

"다 너 같은 철면피인 줄 아나. 말을 꺼내지도 않았다."

"그냥 물어볼 수도 있는 거 아니야?"

"그러기엔 솔직히 좀 어색해."

이유를 아는 피월려는 빙그레 웃을 뿐 더 놀리지 않았다.

그는 본론으로 돌아갔다.

"내 듣기론 범인과 무림인의 절대적인 차이는 바로 내력이라 들었다. 그것만 없다면 무림인은 그저 힘이 더 세고 속도가 더 빠른 것뿐이니까. 그건 맹수도 마찬가지. 용골을 이용해서 내력을 기반으로 하는 모든 것을 없앨 수 있다면 절대적인 차이는 상대적인 차이로 변한다."

피월려의 말에 혈적현이 머리를 쓸었다.

"아주 무식한 소리는 아니군. 그래서?"

"네가 익히는 기계공학인지 뭔지 하는 걸로 무공의 대부분은 따라잡을 수 있겠지. 화력이라면 폭탄으로, 속도라면 장치로…… 하지만 절대 못 따라가는 게 하나 있다면 바로 내력이야. 네가 아무리 단단한 물질을 만든다 해도 내력을 집어넣은 나무보다 더 약해. 네가 아무리 날카로운 물질을 만든다 해도 내력을 불어넣은 검보단 무디지. 물질 자체는 유형(有形)일 수 있으나 그것이 가진 단단함이나 날카로움, 이런 것들은 무형(無形)이야. 그러니 무형 그 자체로서 존재하는 기(氣)를 이길 순 없지."

혈적현이 입을 살포시 벌리며 한숨을 푹 내쉬었다.

"정말 기가 찰 노릇이군."

"뭐?"

"네가 말하는 건 기(氣)가 아니라 이(理)야, 이 무식하기 짝이 없는 것아. 이기(理氣)의 차이도 모르는 네놈이 도대체 어떻게 천마에 이르렀는지 원……. 누가 마공 아니랄까 봐 그래?"

피월려는 머리를 긁적였다.

"그게 무슨 소리야?"

혈적현은 한심한지 고개를 도리도리 흔들었다.

"태극(太極)에서 나온 음양(陰陽)은 오행(五行)을 낳아. 이것이 무극(無極)의 진(眞)과 합하여 만물(萬物)을 화생(化生)한다면 이는 본체의 이(理)므로 기 이전에 이가 있어 기를 낳는 것이다. 그렇다면 물리(物理)가 만기(萬氣) 아래 속하지 않고……."

피월려는 손을 들어 하품을 했다.

누가 봐도 억지로.

"아, 됐어. 내가 뭐 정공을 익히나? 마공이니까 다 내 맘대로 할 거다. 괜히 잘난 척하며 가르치려 하지 마라."

혈적현은 딱하다는 눈으로 피월려를 봤다.

"그럼 어디 가서 그런 소리 지껄이며 아는 척하지 마라. 천출들한텐 있어 보이겠지만 나처럼 배우고 자란 사람한텐 안 통해. 가만있으면 반이라도 가."

피월려는 얼굴을 붉히더니 버럭 소리를 질렀다.

"내가 천출인 데 보태준 거 있어? 아, 그래서 잘난 육대주께
선 검기보다 날카로운 물건이 있어?"

"……."

"없지? 없잖아? 그럼 내 말이 맞지. 안 그래?"

혈적현은 그것만큼은 인정하지 않을 수 없었다.

"내공(內功)을 뛰어넘는 무공(武功)은 없다."

혈적현의 중얼거림에 피월려는 갑자기 누군가 찬물을 끼얹
은 것 같았다.

혈적현이 아무리 숨기려 노력해도 숨겨지지 않는 비참함이
그 말 속에 있었기 때문이다.

굳은 표정이 된 피월려는 어느 때보다 진지하게 말했다.

"내력을 없애는 그 용골은 그것의 해법이 될 거다. 용골을
활용하여 색(色)과 공(空)의 경계를 뚜렷이 만들어, 색즉시공
공즉시색의 묘리를 지워낸다면… 그것은 내공의 근간을 흔드
는 것. 기를 이기는 물질을 애써 찾을 필요가 없어. 용골로 적
이 가진 내력을 모조리 소멸시키면 결국 물질과 물질과의 싸
움이 되는 거야."

"……."

"나는 그 가능성을 네게 주었다. 넌 무공을 다시 익히라는

내 말에 들은 척도 하지 않았음에도 나는 널 도왔지. 네가 원하는 방법 그대로. 난 네 방식을 존중하면서까지 널 도왔어. 이래도 우의(友誼)가 없다 하겠나, 혈적현?"

혈적현은 가만히 있었다.

한동안 불꽃을 응시하던 그가 툭하니 내뱉듯 말했다.

"그래서 네가 살 방도를 찾아본 거지, 그것도 없었으면 내가 이 자리에 이렇게 있지도 않아."

피월려는 씨익 웃었다.

"그럼 사천당문을 받아들인 건 잊는 거냐?"

혈적현은 고개를 양옆으로 흔들었다.

"잊을 순 없지. 말하지 않았나? 언젠간 내가 네놈의 무릎을 꿇릴 거라고. 그 다짐을 잊지 마라, 피월려."

"……"

"하지만 우리 사이에 우정이 있다는 건 부정할 수 없는 사실이지. 사천당문을 받아들인 네놈의 행동은 네 무릎을 꿇리는 걸로 값을 치르겠다."

"하하하! 그래? 내 무릎을 꿇리는 걸로 용서해 준다면야 나야 다행이군. 하지만 꿇으라 하지 않고 꿇린다고 했으니 니도 꿇을 생각 없다. 어디까지나 네가 나를 꿇려야 하는 거니까."

"그래. 기대해도 좋다, 피월려."

피월려는 입맛을 다시면서 말했다.

"갑자기 술이 엄청 마시고 싶어지는데 말이야."

"흑과 백 둘 모두에게 추격을 당하고 있는 거 잊었나? 꿈 깨."

"서로 반씩만 나를 추격하니까 반반씩 모여서 하나야. 그럼 술을 마셔도 되는 거지."

피월려는 어디서 봤는지 흙과 먼지가 잔뜩 묻은 술병 하나를 쓰레기 더미에서 꺼냈다. 아직 개봉이 안 된 것으로 보아 마셔도 큰 탈이 날 것 같진 않았다.

혈적현은 피월려가 말하는 그를 추격하지 않는 흑의 반이 누구를 뜻하는지 잘 알았다. 혈적현 본인을 포함한 제갈미, 주하와 같은 피월려에게 우호적인 사람들이다. 하지만 그는 백도의 반 중 그를 추격하지 않는 반이 누군지 짐작하기 어려웠다.

혈적현이 물었다.

"백에선 누가 너에게 우호적인데?"

"능수지통."

"뭐?"

"아 참, 이 중요한 이야기를 아직까지 안 했군. 능수지통이 암살을 시도했다."

연이어 들리는 믿을 수 없는 소식에 혈적현은 피월려가 막 마시려는 술병을 손으로 막고 심각한 표정으로 물었다.

"누굴?"

"누구겠어. 능수지통보다 더 윗대가리가 누가 있겠냐?"

"검선?"

"실패했대. 그래서 자기 집에 와서 도와달라는데? 검선 죽이는 거."

"……"

"손 좀 치워."

술병을 막은 혈적현의 손이 점점 내려갔다. 이는 혈적현이 피월려의 말을 들었기 때문이 아니라 깊이 생각하느라 몸에서 힘이 빠진 탓이다.

피월려는 얼른 한 모금을 마시고 즉시 밖으로 뿜어냈다. 삼키지도 않았는데 입안이 얼얼할 정도로 주정 농도가 높은 것을 보면 적어도 년 단위로 썩은 술이 분명했다. 피월려는 역시 겉만 보고 믿을 수 있는 건 이 세상에 없다는 걸 다시 한번 느꼈다.

혈적현은 피월려의 입에서 옆으로 뿜어지는 술 벼락에도 전혀 감흥이 없었다.

"그래서?"

입을 닦은 피월려가 대답했다.

"일단 가기로 했어. 봉마술을 풀어준다고 했거든."

"……"

말없이 쳐다보는 혈적현의 시선이 부담스러운 피월려가 먼저 말했다.

"왜?"

"그걸 진심으로 믿는 거냐?"

"어."

"왜?"

"감."

"감?"

"팔이 없었거든."

"무슨 소리야?"

"능수지통이 내 앞에 나타났을 때 팔이 없었어."

"어떻게?"

"유행이라던데?"

혈적현은 피월려가 들고 있는 술병을 집어 들고 그 머리를 한 대 내려치고 싶은 충동을 가까스로 참아냈다.

"제대로 말해봐라."

피월려는 미소 짓곤 대답했다.

"검선에게 치명상을 입히는 대가로 당했다고 했다. 아 참, 팔을 만들 수 있대. 내가 그래서 네 것까지 의뢰했지. 그것도 선물이니까 받아."

혈적현은 도저히 이해할 수 없다는 듯 한 손으로 머리를 싸

매고 숨을 몇 번이나 몰아쉬었다. 그러곤 곧 조용한 목소리로
말했다.

"그것조차 함정을 위한 설계일 수 있다."

"그럴지도."

"이번엔 진짜로 대답해 봐. 어떻게 그를 믿게 됐지?"

피월려는 아무렇지도 않게 말했다.

"그가 뭘 원하는지 아니까."

"뭐?"

피월려는 장작 몇 개를 고르면서 불길을 조금 키웠다.

"능수지통은… 그걸 말해주면서 나와의 신뢰 관계를 구축
했어. 그 나름대로 나를 판가름했겠지. 시험도 하고. 그리고
결론을 낸 거야. 자기가 원하는 걸 이룰 수 있는 도구로 나밖
에 없다 판단한 것이지."

"……"

"그래서 믿는다. 그뿐이야."

"그가 원하는 게 뭔데?"

피월려는 손을 모았다.

"무림의 평화."

"듣자 듣자 하니 개소리도 좀 작작……."

"진심이다."

"……"

"그는 검선이야말로 무림의 평화에 가장 반하는 자라고 판단하는 거 같았어."

혈적현은 사뭇 진지한 피월려의 말에 그가 진심으로 하는 말이라는 것을 느꼈다.

일단 한 번 더 속아보자는 생각을 하며 혈적현은 피월려의 논리를 따라갔다.

"그가 검선을 제거하면 당장 마교천하야. 그런데 그를 암살한다고? 마교천하가 이뤄지면 무림의 평화에 찾아오나? 정반대면 정반대지."

피월려는 조금 뜸을 들이다가 툭 털어놓듯 말했다.

"나도 어렴풋이 짐작한 게 있어. 그런데 그는 이미 확신하는 것 같다."

"뭐를?"

"교주와 검선의 연대."

"……"

"전에도 말하려고 했는데, 이번에 양패구상, 이상하지 않아?"

혈적현은 피월려가 무슨 말을 하고 싶은지 눈치챘다. 그도 어느 정도 의심을 하고 있던 것이기 때문이다.

"이상하지."

"지금까지 있던 일을 잘 생각해 봐. 검선이 대놓고 멸문시키기 껄끄러운 백도문파는 본 교가, 교주가 대놓고 없애기 껄끄러운 본 교 세력은 백도가⋯ 서로 잘 맡아서 없애줬지. 그게 한 번의 거래만으로 이뤄질 수 있는 일인가?"

"과연."

"능수지통은 이를 염려하는 것 같다. 그들의 손아귀에 무림이 서서히 잠식되는 게 두려웠던 것이지. 그래서 나와 신뢰 관계를 쌓아 자기가 검선을 맡아 해결하듯 내가 교주 쪽을 맡았으면 하는 거야."

혈적현이 손을 흔들었다.

"그래도 능수지통이 검선을 암살하려 한 건 말이 안 돼. 검선이 죽었을 때 교주가 흑백대전을 일으켜 마도천하가 되는 건 변함없다."

피월려가 반박했다.

"검선은 공인된 입신의 고수야. 누구나 할 것 없이 그가 입신에 올랐다고 하지. 하지만 그렇다고 백도에 다른 입신의 고수가 없다곤 할 수 없어."

"있다 치자. 적어도 누구라고 생각하는데?"

"향검."

"근거는?"

"입신에 오른 나 선배와의 결전을 통해서 그도 올랐을 수 있다는 점 하나, 황금천에서 검선이 향검을 보고 놀란 표정을 지은 것 둘, 그리고 향검과 검선 간의 갈등이 있었는데 마치 동등한 입장에서 입씨름을 했던 것 셋."

혈적현은 날카롭게 지적했다.

"그의 외견에는 반로환동의 흔적이 없었다."

피월려는 즉시 설명했다.

"그건 나 선배도 없었으니까. 지금 생각하니 나 선배의 문제가 아니라 화산파 무공에 반로환동이 없는 게 아닐까 해. 향검이 검선과 언쟁할 때 반로환동에 대해서 언급한 게 있었지. 도교와 불교의 노신(老身)들이 반로환동을 못해서 안 했겠냐고. 그는 젊은 혈기가 반로환동의 약점이라 말하면서 그것이 좋은 것만은 아니라고 말했어."

혈적현은 딱 잘라 말했다.

"억측이야."

피월려는 아랑곳 않고 말을 더 이었다.

"만약 향검이 입신에 올랐다면 마교세력을 견제할 대안은 있어. 그러면 능수지통이 검선을 암살하는 데 충분한 이유가 되지. 양패구상을 당했다는 점에서 노려본 것 같은데… 어쨌든 암살은 실패했지."

"억측 위에 억측이군. 그리고 능수지통이 실패했다고? 일단 그것도 믿기 어려워."

"일이 이렇게 흐를 걸 알고도 행했을지 모르지. 나를 설득하기 위해서."

"왜? 네가 교주를 죽일 거라고 확신이라도 하나?"

"말했잖아. 교주가 아니라 검선이라고."

혈적현이 얼굴을 굳히고 말했다.

"솔직히 말하지. 제갈토가 그토록 네가 필요한 이유가 뭐냐? 신물주라?"

"아니."

"네가 미남계(美男計)로 입신의 경지에 이르러서 교주에게 승산이 있다고 본 것이냐?"

"참 나, 이젠 너도 비꼬냐?"

"그럼 대체 뭐냐?"

"아, 안 보여주려 했는데 말이지, 신검이라 부르고 싶은데 일단 심검이라네."

피월려는 자리에서 일어났다. 그리고 소소를 꺼내 앞에 있는 모닥불을 심검으로 잘라 보였다.

팟—

아무것도 없는 공간이 잘리며 불꽃이 떠오르는 것을 본 혈적현은 한 번에 그 심검의 위력을 간파했다.

"심검…… 능수지통이 필요한 것이 그것인가?"

"어."

"객잔에서 능수지통에 대해 하려던 말이 이것이었군."

"그땐 나도 확신이 없었어. 제갈토라는 인물에 대해서. 검선을 암살하려 했다는 말을 듣고 확신하게 된 거지."

"……"

"태극지혈이 필요 없는 것도 이것 때문이야."

혈적현은 무슨 생각을 하는지 초점이 없는 눈으로 불꽃을 응시하기 시작했다.

피월려는 조용히 그가 말하기를 기다렸고, 일각이 지나서야 그가 입을 열었다.

"여기 오기 전 무림맹의 이상한 움직임이 포착되긴 했다. 그러나 그것이 능수지통의 암살 시도 때문이라곤 꼭 집어서 말할 수 없어. 뭐, 이미 넌 결정한 것 같은데 내가 더 말해 뭐 하겠나. 네가 내 길을 존중해 준 것처럼 나도 네 길을 존중하마."

그는 나무 상자에서 여러 가지를 꺼냈다. 몇몇의 종이 뭉치와 분장할 때 쓰이는 도구 및 약품들이었다.

게다가 젊은 청년의 것으로 보이는 인피면구(人皮面具)까지 있었다.

피월려가 물었다.

"뭐지?"

"이것으로 분장해서 짐꾼으로 위장한 뒤 이쪽으로 가면 될 거야."

"……."

지도를 펴고 한 곳을 보여준 혈적헌이 말을 이었다.

"지금 황권은 무림맹에 의해 붕괴돼서 없다시피 하지만 아직 폐전통자(廢錢統子)의 여파는 여전히 유효해. 황궁의 장인(匠人)은 전 중원에서 금자제조술(金子製造術)을 아는 유일한 사람이다. 황궁에 충성도가 높아서 지금까지 회유할 수 없었는데, 이번에 백도에서 황궁을 쑥대밭으로 만들면서 우리 쪽으로 넘어오기로 했다."

"그럼 이제 본 교에서 금자를 만들 수 있는 거군."

"서서히 권문세가가 흥하면서 결국 전(錢)과 자(子)의 차이는 점차 줄어들겠지만 그때까지라도 금자를 대량생산한다면 거기서 가져올 수 있는 이익은 막대해."

피월려가 물었다.

"갑자기 이 이야기를 하는 이유가 뭐야?"

"그 장인과의 모든 거래 및 계약은 내가 모두 맡아서 했다. 그 장인이 워낙 고지식해서 내가 아니면 이야기를 진행시키지 않았고, 때문에 중간에 마조대가 낄 틈이 없었어. 애초에 그는 나와 거래하는 거라고 생각하지 본 교와 거래한다고 생각하지 않아."

"그래서?"

"내일 자시 정각에 식솔들과 하인들을 데리고 본부가 있는 십만대산으로 출발한다. 거기로 가서 화로를 건설하고 본 교의 금괴를 모두 금전으로 바꿀 예정이지. 그 틈에 섞이면 돼."

피월려는 혈적현의 지혜에 감탄했다.

"등잔 밑이 어둡다. 역시 대단해."

"이는 마기를 숨길 수 있다는 가정하에 짠 계획이다. 아마 인마들과 몇몇의 지마들로 된 호위대가 같이 이동하겠지. 그들에게만 들키지 않도록 해."

"이렇게 밥상을 차려줬는데 그 정도는 당연히 해야지."

혈적현은 지도를 가리키며 더 설명했다.

"이쪽으로 이렇게 물길로 조용히 이동할 계획인데 제갈세가로 가려면 아마 이곳 수주(隨州)에서 빠져나가야 할 거야. 그 때쯤에 무슨 일을 벌이라고 장인에게 말해둘게. 그 혼란한 틈에 나가."

피월려는 고개를 끄덕였다.

"좋다, 좋아. 고맙다."

혈적현은 인피면구를 들었다.

"몸은 다 말랐나?"

"그런 것 같은데."

"그럼 안대를 벗고 거기 가만히 누워라."

피월려는 혈적현이 시키는 대로 했고, 혈적현은 가져온 분장 도구와 약품들을 이용해서 인피면구를 만지작거렸다.

혈적현이 피월려의 인공 영안을 흘끗 보며 말했다.

"대단하군."

"솔직히 나도 원리를 정확히 모르겠어. 용안심공을 대성하면서……."

혈적현은 피월려의 말을 잘랐다.

"심검 말고 영안 말이야."

"아……."

"아무리 봐도 일반 눈하고 구분할 수 없을 정도로 정교해."

"그, 그치."

"뭐, 네 심검도 못 볼 정돈 아니었다."

"하하!"

피월려의 어색한 웃음 뒤로 혈적현은 말 한 마디 하지 않고 집중했다.

일각 정도가 지나자 피월려가 최대한 얼굴 근육을 쓰지 않으려고 안간힘을 쓰며 물었다.

"얼마나 걸려?"

혈적현은 이상한 냄새가 나는 약품들을 이리저리 고르며 말했다.

"반 시진은 걸리니까 앞으로 삼각. 왜?"

피월려는 머뭇거렸다.

"아까 말한 그 이기(理氣) 말이야……."

혈적현은 비웃음을 숨기지 않았다.

"흥! 아닌 척하더니 궁금하긴 한가 보군."

"어차피 이대로 삼각이나 네 재미없는 얼굴을 쳐다봐야 하니까 심심하잖아."

"그러는 나는? 밋밋하기 짝이 없는 네 얼굴을 보는 나는 어떨 것 같으냐?"

"그니까 서로 심심한 거 아니야. 그 이기에 대해서나 좀 말해봐."

혈적현은 약병에 든 약품의 양을 눈대중으로 확인하면서 말했다.

"진짜 배운 적이 없나? 산수는 곧잘 하면서 성리학(性理學)엔 전혀 손을 안 대다니⋯⋯. 태극사상을 설명하는 중원의 모든 사상 중에서 성리학보다 더 뛰어난 건 없다. 도교의 큰 기둥인 화산파와 무당파도 이것을 인정하고 결국 받아들였어. 그런데 이것을 모르고 무공을 익혔다고?"

"금강부동심법엔 별로 언급이 없었어. 색즉시공에서 말하는 색의 근본이 기로만 알고 있었지."

"까마득한 옛날에 창시된 불공은 성리학 이전의 것이라 그렇다. 그 옛것으로 좀 전까지도 천하를 호령했으니 소림파에서도 더 발전시킬 이유가 없었지. 하지만 도교는 다르다. 무당파도 그렇고 화산파도 그렇고 지금까지 계속 사상을 발전시키며 소림파의 아성을 무너뜨리려 한시도 쉬지 않았지. 그들의 부지런한 노력으로 인해서 중원의 무공은 태극 및 음양 같은 도교적, 혹은 성리학적 사상에 영향을 받기 시작하고 작금에 와서는 양쪽의 영향을 안 받은 것이 거의 없다."

피월려는 잠시 그가 아는 불공에 대해서 생각해 보고 중얼거렸다.

"확실히 금강부동신법이나 심공의 구결에서 말하는 기는… 좀 더 포괄적인 느낌이 있었어. 세분화되지 않은… 혹은 가공되지 않은… 뭐 그런 느낌."

"이렇게 된 김에 하나하나씩 물어나 보자. 너 성리학도 모르면서 태극이나 음양 이런 건 도대체 어떻게 이해하는 거야?"

피월려는 지금까지 자기가 생각한 것을 차근차근 설명했다. 그의 설명이 끝났을 땐 혈적현은 도저히 작업을 할 수 없었다.

너무 어이가 없어서.

"네놈은 진짜 마인이다. 진성마인(眞性魔人). 네가 마인이 아니면 이 세상에 누가 마인이셨어."

"……"

"인정한다. 정말로 인정하마. 네놈은 마인 그 자체야. 천마시조도 울고 갈."

얼핏 들으면 칭찬 같지만, 피월려는 기분이 묘하게 나빠지는 것을 바탕으로 그것이 욕이라는 것을 깨달았다.

그가 자신 없는 목소리로 물었다.

"그렇게 허무맹랑하냐?"

"그걸 떠나서 너무 확고해. 도대체 어디서부터 틀렸는지 감이 안 와. 또 웃기는 건 틀린 부분끼리 엮이면서 자기만의 논리를 만들어내는데… 주인이 없는 명마 꼴이야. 이끌어주는 사람이 없었으니 이해는 한다만, 네가 아직까지도 마성에 젖지 않고 천마에 이른 건 정말 기적 중 기적이다."

"아, 마성에는 가끔씩 젖곤 해."

무슨 가랑비에 젖는 것처럼 말하는 피월려를 내려다보며 혈적현은 혀를 내둘렀다.

"그래. 안 그러는 게 이상하지. 마교인들은 다 이런 식으로 마공을 익히니까. 천마에 이르는 게 정말 만 명 중 하나 꼴이라는 말이 괜히 있는 게 아니야. 대단해, 정말."

이상하게 자존심이 상한 피월려가 얼굴을 굳히고 나지막하게 말했다.

"다 너처럼 좋은 가문에서 태어나는 게 아니다, 적현. 모든 인간이 다 너처럼 바른 지식으로 교육받는 게 아니지. 그러니 양으로 밀어붙이는 수밖에. 그래서 결과는? 본 교가 단일방파로는 최강임은 누구도 부정할 수 없어. 안 그런가?"

"……."

혈적현은 꿀 먹은 벙어리처럼 말이 없었다. 피월려는 갑자기 미안한 마음이 들어 화제를 돌렸다.

"그러니까 이기에 말해서 말해보라고. 너만 알기냐?"

혈적현은 고개를 한 번 좌우로 흔들었다.

"아니, 그냥 모르는 게 좋아."

"뭐야? 정말 안 알려주기야?"

"지금까지 쌓은 걸 송두리째 박살 내버리고 다시 집을 지을 생각이야? 안 하느니만 못해."

"그래도 들어야겠어."

"네 사상이 근본부터 모조리 바뀔 거야. 그러면 네 마공은 필히 무너져 내린다."

"내 마공에 적용을 안 시키면 되잖아."

"적용을 안 시킬 수 없을 거다. 그냥 한 번 듣는 것만으로도 돌이킬 수 없는 영향을 받을 거다."

"왜?"

"네가 세운 논리보다 만 배는 말이 되니까."

"……."

"네가 희대의 천재이든 용안심공을 익혔든 어쩔 수 없다. 지금껏 중원의 역사 아래에서 너보다 열 배는 지혜로운 사람 백 명이 네가 고민한 시간보다 천 배 많은 세월 동안 고심하

여 만들어낸 사상이다. 그것과 네가 혼자 만든 걸 비교하겠다
고? 어불성설이지."

피월려는 퉁명스럽게 말했다.

"그럼 십만(十萬)배로군."

"그 뜻이 아니잖아. 지금 말장난하자는 거냐?"

"아아아, 아니다. 각각의 사람이 천 배 많은 세월을 고민하
는 게 아니니까 십만까진 안 가겠네."

"……."

혈적현의 이마에서 핏줄 하나가 꿈틀거리는 걸 본 피월려는
미소를 짓지 않기 위해서 안간힘을 써야 했다.

"괜찮으니까 말해라. 용안심공이 있어서 괜찮아."

"용안심공이 아무리 대단하다고 해도 그 수많은 사람이 이
룩한 사상을 넘볼 정도의 지혜를 가져다준다곤 믿을 수 없
다."

"그게 아니야. 용안심공의 효과 중 하나는 정신을 세밀하게
관장할 수 있어."

"그래서?"

"이야기를 듣고 생긴 기억을 그대로 보존만 하고 이해하지
않을 수 있다는 뜻이다."

똑똑한 혈적현은 그 한마디를 듣고 피월려가 무슨 말을 하
는지 알 것 같았다.

"그림만 베껴 그려놓고 구석에 처박아둔 뒤에 안 쳐다본다는 말이냐?"

"정확해."

혈적현은 고개를 끄덕였다.

"정말 대단한 심공이야. 하긴 심검까지 이르게 했으니."

"알려줄까?"

"뭐?"

"용안심공. 내게 도교사상과 성리학을 가르쳐 주는 대가로 줄게."

"……"

"큭큭, 솔직히 거절은 못하겠지?"

"됐다. 놀리는 거면……."

"진짜야. 개봉에서 내가 말했을 텐데. 내가 아는 모든 걸 네게 가르쳐 주겠다고. 그 말은 진심이었고 지금도 마찬가지다."

"……"

"용안심공은 기공이 아니야. 내력을 쓰는 게 아니기 때문에 너도 충분히 가능성이 있다. 네가 용안을 타고났다면 내 수준에 오르는 건 시간문제야. 심공의 수준은 깨달음 하나로 결정되니까."

혈적현은 잠깐 고민하는 듯하더니 다시 작업을 시작했다.

"어차피 한다 해도 지금은 못한다. 나중에 더 이야기하자."

"꼭이다."

입술을 굳게 닫은 혈적현의 눈동자는 연신 흔들렸지만, 반각 뒤 입이 열리고 나온 첫마디는 용안심공에 관한 것이 아니라 이기에 관한 것이었다.

피월려는 혈적현의 의사를 존중해 더 자극하지 않고 그가 하는 말을 집중해서 들으며 기억의 한편에 정성 들여 모셔놓았다.

그 뒤로 대략 반 시진이 조금 넘어가는 동안 심도 높은 설명과 더불어서 인피면구 착용에 정성을 쏟은 혈적현이 이마에서 땀을 훔쳤다.

"후우, 됐다. 수다 떨어서 늦어졌군."

"덕분에 좋은 걸 얻었다. 용안심공은 언제든 말만 해라."

혈적현은 그의 말을 무시했다.

"인피면구는 물만 안 묻게 잘해라. 그러면 적어도 한 달은 갈 거야."

피월려는 자기 얼굴에 손을 올려보았는데, 손끝의 느낌으로는 인피면구를 착용하기 전과 전혀 차이를 느낄 수 없었다.

"이게 그 정도나 오래가나?"

"원래는 십만대산까지 보낼 계획이었으니까."

"나 때문에 일이 늦게 됐군. 미안하다."

혈적현은 아무렇지도 않다는 듯 손을 흔들었다.

"친우 사이에 무슨……. 이미 시간을 너무 많이 허비했어. 더 있다간 들통날 거다. 혹시 더 할 말 있나?"

혈적현은 옷가지를 주워 입기 시작했고, 피월려는 잠시 헛기침을 하고 말했다.

"류서하가 귀환하면 말 좀 전해줘. 미안하다고."

"흥, 최소한의 양심은 있군그래. 간다. 혹시 모르니까 너는 한두 시진 더 있다가 나가. 자시 정각까진 꼭 거기 도착하고."

"몸조심해."

"너야말로."

평소에 잘 웃지 않는 혈적현은 웬일인지 얼굴에 미소를 띠우곤 계단으로 통해 위로 올라갔다.

할 것이 없던 피월려는 벌러덩 누워 생각을 정리하기 시작했다.

＊　　　＊　　　＊

자시 초, 피월려는 숨어 있던 지하에서 나와 밤거리를 걸었다.

그의 몸에 그 지하의 악취가 배어 한밤중 그나마 마주치는 사람조차 그를 피해 걸어갔다.

이를 봉마술을 뚫고 조금씩 새어 나오는 마기의 영향으로 오해한 그는 최대한 마기를 억눌렀고, 때문에 그나마 흘러나오던 미량의 마기조차 몸 안에 갈무리되었다.

피월려가 도착한 곳은 큰 집이었다.

황룡무가에 비할 바는 못 되지만, 웬만한 벼슬을 가지고 있지 않고서야 살 수 없는 크기였다.

그 앞에는 많은 사람이 횃불을 켜놓고 분주히 움직이고 있었는데, 모든 사람이 깊은 잠을 자고 있어야 하는 그 시각엔 어울리지 않는 풍경이었다.

"누군가?"

문지기로 보이는 남자가 묻자 피월려는 혈적현이 정성을 들여 만들어준 가상 인물의 이름을 댔다.

"왕일이오."

"왕일? 크……. 정말이지, 코가 썩는 것 같군. 무슨 용무냐?"

그제야 자기 몸에서 냄새가 난다는 걸 깨달은 피월려는 자기 몸에 코를 대고 킁킁거렸다.

그러나 이미 그 냄새에 적응한 탓인지 그는 아무런 냄새도 맡을 수 없었다.

피월려가 말했다.

"어르신을 뵈러 왔소."

문지기가 험악한 인상을 쓰며 소리쳤다.

"어허! 어느 안전이라고 감히! 네놈 따위가 감히 뵐 분이 아니니라!"

피월려는 공손히 말했다.

"내게 과분하긴 하나 연이 있는 것은 사실. 오늘 방문하기로 하였고 어르신께서도 아시는 일이니 안에 확인해 보시오."

문지기는 성급한 성격을 가졌지만 오랜 경험 또한 있었다. 그는 피월려를 위아래로 보더니 혹시나 하는 마음에 안에 기별을 했다.

곧 하인이 도착하여 독대를 원한다는 말을 했고, 이에 문지기는 고개를 숙이며 사과했다.

"제가 몰라 뵈었습니다. 손님이라고는……"

피월려가 포권을 취했다.

"말씀을 높이지 마시오. 연만 닿아 있을 뿐 저도 앞으로는 어르신의 일꾼으로 일할 것이오."

"그, 그렇소? 하하하! 이름이 왕일이라 했소? 내 이름은 관성이오. 앞으로 잘 지내보도록 하십시다. 헌데… 그 어르신을 뵙기 전에 한 번 간단히 임욕(淋浴)이라도 하는 것이……"

"중간에 피치 못할 사정이 있었소. 그렇게 하겠소."

"서두르는 것이 좋을 것이오. 자시 정각에 무조건 낙양을 떠나야 하니 말이오. 여봐라!"

그의 외침에 하인 하나가 왔고, 곧 피월려를 욕실로 데려갔다.

거기서 간단히 몸을 씻어 냄새를 제거한 그는 준비된 면복을 입고 사랑채로 들어가 혈적현이 말한 그 장인을 만날 수 있었다.

대략 오십 정도로 보이는 그는 한 나라의 최고 장인답게 떡 벌어진 어깨와 자잘하고 굵은 근육이 두꺼운 관복(官服) 위로 뚜렷하게 보일 정도였다.

아랫입술이 조금 들어가고 늙고 처진 눈썹 아래로 눈빛이 부리부리한 것이 혈적현이 표현한 대로 고집불통 그 자체였다.

그의 입이 열리고 굵고 남자다운 목소리가 나왔다.

"모두 물러거가라."

하인들이 피월려와 장인을 두고 모두 문 뒤로 사라지자 피월려가 포권을 취했다.

"위험을 무릅쓰고 제게 큰 은혜를 베푸시는 점, 감사드리오."

그의 첫마디에 그 장인은 놀람을 표했다.

"하! 무림인은 무림인이군. 당신 나이에 내게 하오체를 쓰는 사람은 아마 왕자들밖에 없을 거요. 별로 남지도 않았지만. 혈 씨 친우니까 알아두시오. 혈 씨도 나를 존대하오."

피월려는 퍼뜩 정신을 차렸다.

"죄송합니다. 거친 무림에 몸담고 살다 보니 예를 잊었습니다."

그 장인은 의미심장한 미소를 지으며 말했다.

"원래 사람의 피를 마시다 보면 자기가 사람임을 잊는 게지."

"……."

"그리 얼굴 굳히지 마시오. 황궁을 저리 유린하고도 고개를 뻣뻣이 들고 다니는 무림인이 미워서 그렇소. 나는 이씨 집안의 길청이라 하는 사람이오. 다들 이씨 어른이라 하니 그리 부르시면 될 게요."

"제 이름은……."

"왕 씨로 알고 있고, 그 이상은 관심 없소."

"……."

이길청은 단도직입적으로 물었다.

"중간에 떠난다고 들었는데 어디서 떠날 것이오?"

"수주입니다."

"알겠소. 내 관가에게 말해두었으니 나가서 일보시면 되오. 관가가 일을 알려줄 것이오."

"아, 지금 말입니까?"

"문제 있소?"

과감하고 빠른 결단력에 피월려는 잠시 말을 못하다 포권을 취했다.

"아닙니다. 그럼."

피월려는 자리에서 일어섰고, 이길청은 손짓하며 그를 쳐다
보지도 않았다.

혈적현의 부탁은 들어주었으나 더 깊게 엮이기 싫다는 표
현.

이는 더 이상 뒤를 봐주지 않겠다는 말과 일맥상통했다.

피월려가 사랑채에서 나오자 그 앞에서 관가가 기다리고
있었다.

허리가 굽은 노인으로 그는 이씨 집안에서 태어나 평생을
보낸 사람이었다.

이길청과 같이 자라 지금까지 그와 함께했으며, 때문에 이
길청이 자기 부인들보다 더 믿는 사람이었다.

관가가 말했다.

"앞으로 나를 부를 땐 관가 어르신이라 부르게."

"예, 관가 어르신."

고개를 숙이는 피월려의 모습을 물끄러미 보던 관가가 퉁명
스럽게 말을 덧붙이곤 몸을 돌렸다.

"잘하는군."

"……"

"옮길 짐이 산더미일세. 어서 가세."

관가는 짐을 옮기는 일꾼들에게 피월려를 소개시켜 주었고, 곧 피월려는 그 일꾼들 틈에서 짐을 옮기기 시작했다.

*　　　　*　　　　*

이길청의 혈족은 총 일곱으로 그의 아버지, 두 처, 두 아들과 두 딸이 있었다.

장녀(長女)는 정실의 아이로 출산 때 병을 얻은 정실은 더 이상 아이를 낳지 못했고, 때문에 첩이 처가 되어 두 아들과 딸 하나를 낳았다.

이길청은 이처가 아무리 후계를 낳았어도 일처의 권리를 넘보는 것을 허락하지 않았지만 동시에 후계에게 아낌없는 사랑을 줌으로써 나름 자기가 집안 관리를 잘한다고 믿었다.

하나 일처와 이처 간의 피 튀기는 갈등은 이길청을 제외한 모든 식솔이 알 정도로 깊었다. 평생 쇠붙이와 함께 살아온 그는 수완과 눈치가 없었고, 때문에 자기 집안 돌아가는 사정을 전혀 알지 못했다.

겉으로는 이길청이 그 집의 주인인 것처럼 보였으나, 실제로는 귀한 집안에서 고등교육을 받은 두 처에 의해서 집안의 모든 것이 돌아가는 실정이었다.

두 세력이라 칭해도 부족함이 없는 그들은 이길청이 눈치채지 못하는 수준에서 전쟁 같은 나날을 보내고 있었다. 후계가 정해졌음에도 불구하고 이런 긴장 상태가 유지되는 가장 큰 원인은 바로 일처가 이길청이 가장 신뢰하는 관가의 마음을 사로잡았기 때문이다.

"아항! 아하! 하악!"

피월려는 조용히 걸음을 옮기면서도 계속해서 마차에서 들리는 신음 소리에 주변의 눈치를 살폈다.

낙양을 빠져나오자마자 시작된 그 소리는 멈출 줄을 몰랐다.

그의 주변에서 걷는 하인들이나 시녀들은 그것이 이미 너무나 익숙한지 얼굴에 조금의 변화도 없었고, 때문에 피월려도 반응하지 않으려 안간힘을 썼다.

그러나 신음 소리는 도저히 잦아들 생각을 하지 않았고, 이에 피월려는 늙은 노인인 줄만 알았던 관가의 정력을 재평가하지 않을 수 없었다.

일각이 지나 마차에서 나온 관가는 주변의 하인들과 시녀들에게 시선조차 주지 않았다.

모두 그의 사람이기에 조금도 거칠 것이 없었기 때문이다. 다만 그에게 확실하지 않은 사람이 있었으니 바로 피월려였다.

본래 황실과 연이 있었기에 백운회에서도 호위 병력이 차출되었지만, 천마신교에서 파견된 호위대에 비해 그 숫자가 적었는데, 백운회와 천마신교의 파견 병력 대다수는 이길청에게 집중되었다.

정확한 집안 사정을 모르는 지부와 백운회에서 인원의 구 할을 이길청, 그리고 일 할을 이처와 후계자에게 호위로 붙였 기에 일처 주변에는 외부의 호위 병력이 없었다. 그것은 애초 에 피월려가 이곳에 있는 이유이기도 했다.

피월려가 그 주변에서 걷고 있는 걸 몰랐던 관가는 그를 발 견하자 눈을 크게 뜨며 놀랐다.

곧 눈알을 굴리며 할 말을 찾았는데, 피월려가 먼저 말을 꺼냈다.

"걱정하지 마십시오, 관가 어르신. 제 사정도 잘 아시지 않 습니까?"

관가는 얼굴을 굳히고 딱딱한 목소리로 말했다.

"이 일이 새어나가면 호위대에게 즉시 말이 흘러들어 갈 걸 세."

관가의 말은 만약 피월려가 이길청에게 이 사실을 말하면 마인들에게 피월려의 존재를 언급하겠다는 뜻이다.

"예, 예, 압니다."

관가는 피월려를 잠시 노려보다가 곧 몸을 돌려 앞쪽으로 사라졌다.

이를 확인하고 한숨을 내쉰 그에게 옆에서 하인 한 명이 말했다.

"내가 동생 같아서 말해주는데, 행여나 저 어르신을 거역할 생각은 하지 말게나."

초삼이란 흔한 이름을 가진 그 하인은 피월려에게 처음부터 호의적이었다.

피월려는 손가락으로 관가가 사라진 쪽을 가리키며 어리숙하게 물었다.

"저 어르신이 그렇게 잘난 양반입니까?"

하인은 과장되게 손짓하며 뒷말을 삼키듯 말했다.

"잘난 걸 떠나서 잔인해. 저 어르신에게 죽어나간 연놈이 몇이나 되는 줄 아는가? 천출에겐 한없이 잔혹하니 행여나 조금이라도 심기를 어지럽히지 말게."

원래 관가란 귀한 집안에서 천출들을 다스리는 자다. 다스리는 와중에 생기는 온갖 더러운 것을 자기가 뒤집어씀으로써 주인들의 오명까지도 감당하는 것이 그들의 일 중 하나였다.

피월려는 고개를 끄덕이며 살며시 웃었다.

"그렇죠. 그런데, 헤헤, 주인마님하고 그렇고 그런 건 좀 의웁니다."

그러자 초삼도 은근히 따라 웃었다.

"환갑도 지났다는데 저 정도면 대단하지. 헌데 주인마님은 더 대단하시지."

"예?"

초삼은 피월려의 귓가에 스윽 다가와 속삭이듯 말했다.

"이제 사십을 조금 넘으셨는데 환갑의 노인으로 되겠는가?"

"……."

"운 좋으면 자네도 지명받을 수 있으니까 기대해 보게. 클클클. 역시 귀족이라 그런지 그 나이에도 젊은 애들보다 피부가 더 고와."

초삼의 말이 끝나기가 무섭게 일처가 마차 밖으로 고개를 내밀었다.

그녀는 잔뜩 상기된 표정으로, 분노로 오인할 법한 욕구가 들끓는 눈동자를 가지고 있었다.

눈동자를 연신 움직이며 어둠 속에서 움직이는 하인 세 명을 손으로 찍고는 안으로 들어가 버렸는데 그중에는 초삼도 있었다.

초삼은 피월려의 어깨를 툭 치며 누런 이빨을 훤히 드러냈다.

"나처럼 덩치가 좀 있어야 유리하지. 자네도 노력해 봐. 클클클."

"예, 형님."

"그럼 형님은 즐기다 오마. 내 짐 좀 부탁한다."

초삼은 피월려의 어깨에 자기 짐을 던지듯 놓더니 껄껄 웃으며 마차 안으로 들어갔다.

피월려는 가중된 무게 때문에 내력을 쓰고 싶었지만, 혹시나 새어 나올 마기 때문에 그렇게 하지 못했다. 그러자 한 시진도 채 지나지 않아 서서히 옷이 땀에 젖고 숨도 차오르기 시작했다.

확실히 내력 없이 짐을 옮긴다면 무림인이라고 해도 하인보다 더 힘에 겨울 수밖에 없었다.

피월려가 피곤 때문에 눈을 껌뻑거릴 때쯤 초삼이 마차 밖으로 나와서 피월려의 어깨를 툭 쳤다. 그러곤 그의 짐까지 모조리 자기 등에 싣고는 말했다.

"클클클, 수고했다. 이제 내가 들 테니까 끝까지 편히 걸어라."

피월려는 뻐근한 몸을 펴며 투덜거리듯 말했다.

"횡재해서 좋겠습니다, 형님은."

"근골이 크게 타고나서 말이지. 하하하! 나도 무공이나 익혀볼까. 그 내력 거시기 하던데, 내가 정력 하난 남다르거든. 그거랑 비슷한 거 아니겠나? 혹시 모르지. 저 구파일방인가 하는 데서 한자리 꿰찰지. 듣기로는 무림에선 무공만 뛰어나면 귀족 행세를 할 수 있다지?"

피월려는 처음 듣는 것처럼 눈을 동그랗게 떴다.

"그래요? 출신이랑 상관없답니까?"

"그렇다니까! 무공만 뛰어나면 귀족처럼 우대해 주고 그런 다네."

사실 그것이야말로 하루에도 수천 명이 죽어나가는 무림에 사람들이 발을 담그는 가장 큰 이유였다. 그러나 그만큼 무림은 험난하고 잔혹한 곳이기도 했다.

피월려는 최대한 속내를 숨기며 말했다.

"형님께서 고수가 되시면 저도 앞에서 끌어주셔야 합니다."

초삼은 기분이 좋아졌는지 자기 가슴을 쳤다.

"예끼, 이 사람아. 이제 막 얼굴 봐놓고 무슨……. 하지만 이상하게 자넨 마음에 들어. 하하하!"

"다행입니다. 헤헤."

"내가 만약에 무공을 배운다면 말이야, 그 어디냐. 그… 화산파? 거기가 그렇게 미인이 많다고 하더만? 거기서 내가… 어? 무슨 일이지?"

갑작스러운 물음에 피월려도 앞을 보았다.

무슨 영문인지 앞에서 서서히 멈춰 서기 시작했다.

앞쪽에서 갑작스레 멈춰 서자 마부들이 간신히 마차를 세웠고, 연유를 모르는 하인들과 시녀들도 그 자리에 서서 서로의 얼굴을 쳐다보았다. 피월려도 이상함을 감지하고 용안심공을 발동하여 대비를 하였는데, 마땅히 위협을 느낄 만한 것은 없었다.

하인들은 하나둘씩 짐을 내려놓고 앉아서 땀을 훔쳤다. 시녀들은 서로 모여 방금 있던 일에 대해서 재잘거리기 시작했다.

그렇게 한두 각 정도 흘러 앞에서 움직임이 보이기 시작했고, 사람들도 하나둘씩 걸음을 옮기기 시작했다.

반쯤 누워 있던 초삼은 서둘러 몸을 일으키며 등에 짐을 실었다.

"앞에서 바퀴라도 빠졌나? 별일은 아니겠지."

"그랬으면 좋겠군."

"……."

서늘하고 차가운 목소리에 순간 깜짝 놀란 초삼이 피월려를 돌아보았다.

햇숙해진 그의 표정을 본 피월려는 짐짓 모르는 척하며 물었다.

"왜 그러십니까?"

"바, 방금 뭐라 하지 않았는가?"

"예? 아, 아무런 말도……."

"그래? 자, 잘못 들었나 보네."

"형님도 참. 헤헤."

"하여간 말이야, 내가 그 화산파에 들어가면 말이지, 내력에도 도사가 될 거란 말이야. 그럼 거기서 유명한 미녀고수들이 나를 우러러보겠지. 그리고 또 내 정력이면 몇 명씩은 상대할 수 있는데 무공을 익혀서 내력까지 좋아봐. 말 다 했지. 클클 클. 아주 다들 조아… 으, 으악!"

갑작스레 괴성을 지른 초삼은 온몸의 신경이 마비되어 굳어 버렸다.

그 이유는 피월려의 눈동자와 정면으로 마주쳤기 때문이다.

정확히 말하면 그 속에서 용트림하는 마기.

피월려의 눈동자에 마기가 흐르게 된 건 간단한 이유에서 그랬다.

발소리에 맞춰 용안심공이 정신없이 경종을 울려댔기 때문 이다.

탁, 탁, 탁.

두근두근, 두근두근.

땅을 밟고 오는 소리가 점점 커지며 귓가로 들리는데, 그 속에 내포된 살기는 수십 명의 어린아이 사지를 찢어 죽이는 마음을 품어도 모자랄 정도였다. 그 정도의 살기가 피월려 하 나에게 집중되어 있으니, 용안심공이 경종을 올리는 게 당연 했다.

아서라, 월려야.

피월려는 그 경고를 최대한 무시하면서 속 안의 마기를 최 대한 다스렸다.

탁.

삼 장.

탁.

이 장.

탁.

일 장.

탁.

피월려와 초삼 사이에 한 사내의 얼굴이 불쑥 들어왔다. 피월려와는 코가 서로 닿을 거리에서 눈동자를 위로 끝까지 올리고 혓바닥을 턱에 닿을 만큼 내민 그 남자는 피월려의 얼굴에 대고 코를 킁킁댔다. 그 사내는 단시월이었다.

혈적현에게 단시월에 대한 얘기를 듣지 못했었기에 피월려는 잠시 잠깐 놀랐지만, 이내 머리를 비웠다.

"킁킁."

"우와악!"

"우와악!"

피월려와 초삼은 소리를 지르며 뒤로 주저앉아 버렸고, 이것을 본 단시월은 갑자기 몸을 똑바로 세우고 양팔을 다리에 붙인 뒤 고개를 위로 쳐들었다.

그러곤 큰 소리로 물었다.

"핫! 이게 뭔지 압니까, 여러분?!"

"……."

"발기된 남근입니다!"

피월려와 초삼이 양쪽에 주저앉아 있고 그 중간에 꼿꼿이 선 단시월의 모습은 흡사 남성의 성기와 같았다. 단시월은 서서히 피월려 쪽으로 허리를 둥그렇게 굽히면서 피월려에게 씨익 웃더니 말했다.

"나이가 들어 한쪽으로 휘였습니다."

"……"

"그럼 불알 한쪽을 담당하고 계신 당신, 이름이 뭐야?"

피월려는 떨리는 목소리로 말했다.

"와, 왕일입니다."

"흐음……. 아까 놀라는 게 살짝 늦던데."

"예?"

"저어어엉말 그으으윽한의 찰나이긴 한데 말이야, 늦었어. 확실히."

"무, 무슨 말씀이신지. 우와악! 으으……"

단시월의 눈동자에 마기가 점점 차올랐고, 피월려는 다리를 후들후들 떨면서 울상을 지었다. 찔끔 눈물을 흘리며 입을 다물지 못하는 그의 모습은 가치 범의의 모습과 다른 점이 전혀 없었다.

그러나 단시월이 누군가? 그는 피월려의 떨고 있는 다리 사이로 침을 퉤 하고 뱉었다.

"카악, 퉤! 거기서 오줌만 지렸으면 믿었을 겁니다, 일대주님. 오줌까지 지려줘야 진정한 연기지요."

"……."

"연기로 치면 지부 내 최고인 줄 알았는데 실망입니다."

스윽!

심검은 단시월의 머리를 향해 날아들었다.

다만 품속의 소소를 꺼내느라 발검이 조금 늦어졌고, 그 때문에 단시월은 겨우 심검의 검경에서 벗어나며 뒤로 피할 수 있었다.

"헛짜!"

딱.

단시월은 땅에 착지하자마자 눈앞에 내질러지는 피월려의 왼쪽 주먹에 오른 다리를 접어 올렸다.

퍽!

단시월의 접힌 허벅지와 피월려의 왼 주먹이 부딪치며 둔탁한 소리를 내었다.

짧은 순간에 담은 내력의 양은 엇비슷하여 서로 피해를 입히지 못했기 때문이다.

피월려는 그대로 왼 주먹을 펴서 단시월의 접힌 오른쪽 다리를 잡아 안으로 끌어당겼다.

그렇게 거리는 순식간에 좁혀졌고, 동시에 오른손으로 쥔 소소를 높게 위로 쳐든 피월려는 단시월의 얼굴을 향해 찔렀다.

심검이 단시월의 얼굴에 닿으려는 순간.

탁!

미리 뻗은 단시월의 오른발 끝이 피월려의 오른쪽 팔꿈치에 닿았다.

급한 상황이라 내력이 없어 피해를 줄 순 없었지만 팔꿈치가 들린지라 심검의 각도가 조금 틀어졌고, 단시월은 고개를 왼쪽으로 꺾는 것으로 간신히 피해낼 수 있었다.

그러나 왼발은 피월려에게 잡혔고, 오른발은 위로 들렸다.

즉 공중에 있는 것.

단시월의 신체는 점차 추락하기 시작했다.

이를 확인한 피월려는 품에 있는 단시월을 놔주면서 한 발짝 뒤로 가서 자세를 잡았다.

그러곤 양손으로 소소를 들어 앞으로 크게 휘둘러 심검의 끝에서 강력한 검강을 뽑어냈다.

한 손이 아니라 양손으로 휘두르고 검기가 아니라 검강을 뽑아내기에 휘두르는 속도기 절반도 채 되지 않았다.

하지만 공중에 있던 단시월에겐 그 느린 속도도 피할 시간이 없었다.

그 순간 단시월에겐 단 하나밖에 방어 수단이 없었다.

그는 과감하게 호신강기를 펼쳐 온몸으로 강기를 뿜어냈다.

콰앙!

호신강기와 검강이 부딪쳐 중간에서 새하얀 빛을 내며 서로를 상쇄했다.

"쿨컥! 크윽!"

그렇게 땅에 착지한 단시월은 입에서 새빨간 피를 뿜어내며 신음 소리를 내었다.

이제 고작 지마에 이른 그는 강기 하나 뽑는 것도 전심전력을 다해야 하는데, 전신의 내력을 한 번에 쏟아붓는 호신강기를 펼쳤으니 그 몸의 기혈이 모조리 망가지는 건 당연한 수순이다.

눈꺼풀조차 말을 듣지 않아 눈의 초점을 맞출 수 없던 단시월은 흐릿한 시야 속에서 팔을 드는 피월려의 신형을 보고 죽음을 절감했다.

이렇듯 천마와 지마의 절대적인 차이를 느낀 단시월이 죽음의 문턱 앞에서 있는 힘을 다해 겨우 움직인 건 바로 그의 혓바닥이었다.

"개 좆 같은 거, 검강……."

피월려는 아쉬운 생각이 들었지만, 즉시 단시월의 심장을 향해 내질렀다.

아니, 내지르려다가 그대로 오른쪽으로 반월을 그리듯 휘둘렀다.

사락.

잘린 화살은 그 즉시 내력을 잃어버리고 두 갈래의 머리카락이 되어 바람에 휘날렸다.

몇 발의 화살이 더 날아오자 피월려는 금강부동신법을 펼치며 그 화살들을 피해냈다.

하지만 곧 그나마 모인 마기가 동이 난 것을 느꼈고, 이에 신법보다는 심검과 낙성, 그리고 용안심공으로 누라의 화살을 무력화시켰다.

화살은 이슬비처럼 가끔씩 떨어졌는데, 그 위력이 상당하여 이를 뚫고 단시월에게 다가갈 방도가 도저히 생각나지 않았다. 이는 그녀가 노골적으로 단시월을 지키고 있음을 반증한다.

"도대체 어떻게……."

그건 그것이고 피월려는 많은 면에서 누라에게 감탄하지 않을 수 없었다.

그는 슬쩍 주변을 보았나.

멀리서는 소란을 느낀 마인들이 보법을 전개하여 다가오고 있었고, 가까이 있는 하인들과 시녀들이 하나같이 놀란 표정을 지은 채 그를 쳐다보고 있었다.

그중 가장 가관인 건 초삼으로, 두 눈동자가 달걀이 들어
갈 정도로 커져 있었다.

그에게서 눈길을 돌린 피월려는 서둘러 몸을 움직여 서쪽
으로 난 숲으로 몸을 숨겼다.

제구십장(第九十章)

하루 중 가장 어둡다는 인시. 피월려는 그 컴컴한 숲속을 내달리면서 사냥꾼의 감각을 일깨워 길을 찾기 시작했다. 빼곡히 곧게 솟은 나무가 그의 방패가 되어 누라의 화살을 막아주니 그 부분에 대해선 염려할 것이 없었다. 하나 텅 비어버린 내력은 큰 걱정거리였다.

"검강을 뽑아낸 것이 가장 큰 낭비였어. 제기랄."

하지만 검강을 쓰지 않았다면 그리 쉽게 단시월을 제압할 수 없었을 것이다.

그나마 희망적인 건 제갈토의 말대로 봉마술이 조금씩 풀

리고 있어 마기가 새어 나오는 속도가 빨라지고 있다는 점이
다.

전처럼 마음껏 검기를 내뿜을 순 없어도 긴급한 순간엔 금
강부동신법을 한두 번쯤은 펼칠 수 있을 정도였다.

경공을 펼치지 못하고 그저 두 다리로 열심히 뜀박질을 하
느라 피월려의 속도는 그리 빠르지 않았다. 그를 쫓는 마인들
은 어느새 검기가 닿을 만한 거리에 와 있었는데, 촘촘하게
자란 나무들 때문에 검기를 쏘진 않았다.

피월려는 용안심공으로 다가오는 마인들의 존재를 하늘 위
에서 보는 것처럼 모두 파악했다. 그중 호승심이 강한 몇몇의
마인은 겁도 없이 그의 검경 안에 들어와 검공을 펼쳤고, 피
월려는 용안심공으로 그들의 검공을 모조리 피해내며 그들의
생명을 앗아갔다.

이 때문에 투심이 가득 생긴 마인들이 무리를 하며 검기까
지 쏘았는데, 이는 낙성으로 검기의 방향을 틀어내며 상대했
다.

"크악!"

"커억!"

"큭!"

호승심 강한 몇몇이 죽어나가자 서서히 추적하는 마인들이
돌아서기 시작했다. 그들에게 떨어진 명령은 이길청을 지키라

는 것이니, 사실 도주하고 있는 피월려를 추적할 이유는 없었기 때문이다.

또한 낙양의 긴장 상태 때문에 이길청을 호위하라고 보낸 마인들의 무공 수위도 그리 높지 않아 몇 번 검을 교환해 보곤 피월려를 대적할 엄두가 나지 않은 것도 컸다.

별로 지나지 않아서 피월려는 혼자가 되었다. 하지만 부지런히 움직여야 했다.

어디서 누라가 나타날지 모르는 일이다. 또한 마조대를 통해서 피월려의 위치가 보고된다면 언제 지부에서 마인들이 추격하러 올지도 미지수였다.

"너무 빨리 발각당했어. 하필 눈치 빠른 단시월이 호법을 이끌고 있었다니… 빌어먹을. 그 관가가 나를 못 믿고 단시월에게 말한 건가. 후우, 밥상을 너무 빨리 엎어버려서 적현에게 미안한데……. 이대로 제갈세가까지 가야 하는 건가?"

독백한 피월려는 숨을 고르며 마음을 다잡고 무엇을 해야 할지 생각해 봤다.

우선은 지피지기(知彼知己).

그는 이미 자신의 상황에 대해선 뼈저리게 절감하고 있는 터라 바로 누라에 대해서 분석을 시작했다.

첫 번째는 은신술(隱身術).

낙양에서와는 달리 피월려는 방금 화살이 날아온 방향을

봐도 그녀가 어디 있는지 확인할 수 없었다. 그것은 용안심공으로도 파악할 수 없는 수준에 이른 은신술이며, 따라서 주하의 암공과 같이 기문둔갑이 섞인 특수한 무공일 가능성이 컸다.

따라서 누라가 작정한다면 피월려가 그녀의 위치를 정확하게 파악하는 것이 불가능하다.

두 번째는 추격술(追擊術).

그녀가 이 자리에 있었다는 건 피월려가 이길청 일행에 숨어들었다는 것을 알고 쫓아왔다는 것이다. 다만 그 일행 중 누구인지 분간하지 못하다가 단시월 덕분에 피월려의 정체를 파악하고 화살은 쏜 것이다.

따라서 누라가 피월려를 포기하지 않는 한 그녀의 손아귀에서 벗어나는 건 불가능할 것이다.

세 번째는 용심술(用心術).

방금 전 단시월과의 싸움을 통해 피월려를 즉시 포착했을 것이다.

그럼에도 불구하고 끝까지 자신을 노출하지 않고 기회를 노리다가 피월려가 단시월을 죽이려는 그 순간 화살을 쏘았다. 이는 사냥할 때 가장 사냥당하기 쉽다는 자연의 법칙을 그대로 따른 것으로, 피월려가 가장 방심하는 순간을 노린 것이다.

따라서 누라가 피월려의 약점을 보지 못하는 이상 그녀는 인내하며 싸움을 피할 것이다.

마지막으로는 사격술(射擊術).

궁술은 공격하기로 마음먹은 순간과 그 공격이 적에게 닿는 순간의 시간 차이가 모든 무기 중 가장 크다. 따라서 공격하기도 전에 마음을 먼저 읽어버리는 용안심공에 극상성이다. 그로 인해서 누라는 피월려를 빗맞힐 수밖에 없는데 그것조차도 피월려의 움직임을 유도하기 위해 이용하며 거기서 그의 육체적인 한계를 읽고 결국 맞추어 버린다.

또한 궁의 가장 큰 약점인 유한한 공격 횟수도 머리카락을 화살로 삼는 그녀에겐 적용되지 않는다. 그녀의 화살 통에 담긴 화살은 무제한이라 봐야 한다.

따라서 누라는 궁이 가진 한계를 초월했으며, 입신의 고수조차 맞출 수 있다고 말한 그녀의 말은 허세가 아니었다.

이러한 능력을 가진 그녀가 과연 단순히 지마급이라 말할 수 있을까?

피월려는 고개를 저었다.

발경이 개발된 후 간격(間隔)으로 인한 각 무기 간의 무력 차이가 크게 줄어든 무림에서 궁은 역사상 가장 큰 쇠퇴를 겪었다.

현재 궁을 주력으로 하는 무림 방파는 손에 꼽을 정도이니 그것으로 지마, 혹은 절정에 이르는 건 검으로 천마, 혹은 초절정에 이르는 것만큼이나 어려운 것이다. 따라서 누라의 마공이 지마급이라 할지라도 그동안 그녀가 걸어온 길은 천마급의 것이라 봐야 한다.

혹시라도 싸움 도중 그녀가 천마를 깨달으면 내력을 제대로 사용할 수 없는 피월려는 죽은 목숨이다.

"단순 지마급이 아니야. 코앞에 천마를 두고 있다 봐야 해. 아, 그래서……!"

피월려는 순간 눈앞이 번쩍한 것 같은 기분을 느꼈다.

왜 누라가 그를 쫓아오는지 그 근본적인 이유를 알 것 같았기 때문이다.

피월려가 가진 용안심공은 모든 궁술에 있어 가장 큰 벽이다.

이를 뛰어넘는 궁술을 얻는다면…….

그것이 궁(弓)에 있어 천마가 아니겠는가?

피월려는 누라의 마음속에 가장 깊은 곳에 자리 잡은 심리가 무엇인지 완전히 깨달은 것 같았다.

그는 확언했다.

"지피(知彼)는 끝났다!"

한껏 크게 외쳐 스스로를 다독인 그는 이제 가야 할 방향을 잡아야 한다.

이처럼 칠흑 같은 밤에 방향을 잡아주는 건 북극성뿐이다.

피월려는 멈춰 서서 고개를 들어 나무의 높이를 보았다. 적어도 수백 년간 자란 고목들은 지금 남아 있는 내력으론 도저히 올라갈 수 없는 높이까지 자라 있었다.

그가 경공에는 조예가 없는 점도 발목을 잡았다. 무성하기 짝이 없는 나뭇잎들을 뚫고 밤하늘의 북극성을 찾으려면 적어도 일각 내지 이각 정도의 운기조식이 필요할 듯싶었다.

피월려는 소소를 뒤로 휘둘렀다.

사락.

잘린 하나의 화살.

그리고 그 뒤로 따라오는 두 발의 화살은 소소를 다시 휘두르기 전에 도착할 것이 분명했다.

용안심공은 금강부동신법이 아니면 두 발 중 하나를 피할 수 없다는 결과를 내었다. 그냥 맞을까도 생각했지만, 지독한 장기전이 될 이 싸움에서 조금의 내력을 아끼기 위해 몸에 상처를 낼 순 없었다.

피월려는 금강부동신법을 펼쳐 두 발의 화살을 깔끔하게 피해냈다.

그러나 대신 그나마 남아 있던 내력이 완전히 사라져 버렸다.

"내가 서 있는 경우에 한해서 나를 맞출 수 있다는 것인가? 그럼 조금도 서 있을 수 없겠군. 게다가 이 무성한 숲속에서도 그 짧은 시간에 화살이 내게 닿는 각도를 찾아내다니……."

겨우 몇 번 호흡을 골랐을 뿐인데, 그새 누라는 화살이 닿을 수 있는 각도를 찾아냈다.

그러니 가부좌는 꿈도 못 꾼다.

피월려는 일단 화살이 날아온 방향으로 고개를 숙이고 은밀히 움직이기 시작했다.

엽사이던 아버지의 말을 생각해 보면 도망가는 사냥감보단 다가오는 사냥감이, 그리고 다가오는 사냥감보단 서서히 다가오는 사냥감이 더 잡기 어렵기 때문이다.

정면에서 화살이 몇 발 더 날아왔다.

사락.

사락.

소소를 휘둘러 쉽게 잘라낸 피월려는 전과 같은 매서운 느낌을 못 받았다.

이는 급히 쏜 것이고, 따라서 누라는 피월려가 더 멀리 도망갈 줄 알았지 다가오리라곤 예상하지 못한 것이다.

피월려는 속도를 조금 올려 달렸다.

그러자 더 날아오는 화살이 없었다.

이는 누라도 자리를 이동하고 있다는 증거이다.

피월려는 주변을 낱낱이 살피면서 중얼거렸다.

"하긴 거리만 가까워지면… 내가 내력이 없다 해도 승부를 장담할 순 없겠지. 정말 사냥꾼과 맹수의 싸움이군. 내가 맹수 입장이 되다니 어쩌다가 이러……"

피월려는 급히 멈춰 섰다.

어느 한 곳의 나무뿌리에 난 작은 가지가 묘하게 꺾여 있는 것을 발견했기 때문이다.

그 꺾인 방향을 보니 바람이나 짐승의 짓이 아니라 사람의 짓이란 것을 확실히 알 수 있었다.

누라는 이곳에 있다.

기쁨도 잠깐, 의구심이 바로 앞섰다.

어떻게 이 캄캄한 밤에도 이상할 정도로 잘 보일까? 피월려가 주변을 보니 그곳이 촘촘한 나뭇잎 사이로 달빛이 새어드는 유일한 곳이란 것을 알 수 있었다.

가벼운 발걸음으로 한 발, 한 발 그곳으로 다가가던 피월려는 어느 순간 갑자기 뒤로 훌쩍 뛰며 공중에서 한 바퀴를 돌았고, 그의 발이 착지할 때 수십 개의 화살이 그가 발을 옮기려던 앞쪽에 떨어졌다.

투둑, 툭, 투툭.

소나기처럼 떨어지는 화살비를 여유롭게 감상한 피월려가 고개를 뒤로 돌렸다.

뒤에 있던 나무의 줄기를 타고 시선을 위로 올리자 그 위에는 무성한 나뭇잎으로 된 암흑뿐이었다.

피월러가 물었다.

"내 수준을 너무 낮게 보는 거 아니오?"

너무나 어두워 무엇이 가지이고 무엇이 잎인지 분간할 수 없는 곳에서 누라가 미소 지었다. 그러자 그녀의 새하얀 이가 암흑을 뚫고 환한 빛을 내었다.

"잘 보이라고 일부러 거기다 만들었는데 오히려 역효과를 낸 것 같습니다? 과소평가한 건 죄송하게 생각합니다."

피월러는 팔짱을 꼈다.

"스스로 모습을 드러내다니, 여전히 나를 과소평가하는 것 같소만?"

누라는 화살의 시위를 당기며 대꾸했다.

"가는 방향이 틀린 걸 보면 동서남북을 모르시는 것 같은데, 그럼에도 별빛으로 방향을 확인하러 위로 올라가지 않으셨으니 그 뜻은 여기까지 올라오지 못한다는 것입니다. 그리고 아까 마인들에게 검기도 쓰지 못하는 걸 보면 아예 내력도 없는 것입니다. 고작 해봤자 보법으로 한두 발자국 움직일 뿐."

"……"

"그럼 이 순간은 제가 일방적으로 공격할 수 있다는 것입니다."

"부정할 수가 없군."

"왜 제게 말을 거셨습니까? 그냥 나무를 베어 넘기지."

"하하, 그러게 말이오."

"적을 과소평가하는 건 제가 아니라 심검마입니다."

"인정하지."

누라는 활시위를 잡은 손가락에서 힘을 뺐고, 피월려는 용안심공을 극한으로 펼쳤다.

지금까지 날아오는 화살만 상대하다 직접 화살을 당기는 누라의 모습을 볼 수 있으니 정말로 미래를 보는 것 같은 기분으로 그 화살의 쾌도를 읽을 수 있었다.

그는 상체를 숙였다.

피— 융!

화살과 등 사이의 거리는 1척(尺).

왜 지금껏 나지 않던 화살 소리가 날까?

피월려는 오른발을 들었다.

피— 융!

화살과 오른쪽 허벅지 사이의 거리는 9촌(寸).

화살에 담긴 내력이 그만큼 많기 때문이다.

피월려는 왼발에 힘을 실어 몸을 뱅그르르 돌렸다.

피— 융!

화살과 허리 사이의 거리는 8촌.

그래선 화살이 더 무겁고 느리다. 한데 왜?

피월려는 왼발을 땅에서 떼었다.

피— 융!

화살과 발등 사이의 거리는 7촌.

활 쏘는 모습을 보고 화살의 궤도에서 미리 피하는데도 오차는 점차 줄어든다.

피월려는 오른손으로 땅을 짚어 힘을 받았다.

피— 융!

화살과 귀 사이의 거리는 6촌.

정녕 마궁이 아닐 수 없다.

피월려는 원심력을 기반으로 허리를 퉁겼다.

피— 융!

화살과 어깨 사이의 거리는 5촌.

이러다간 다시 또 신법으로 내력을 낭비해야 한다.

피월려는 착지하여 개구리처럼 탁 붙었다.

피— 융!

화살과 손등 사이의 거리는 4촌.

고작 해봤자 한 번밖에 펼치지 못할 양.

피월려는 몸을 벌레처럼 웅그렸다.

피— 융!

화살과 엉덩이 사이의 거리는 3촌.

펼친 이후에는 어차피 화살을 맞는다.

피월려는 땅을 강하게 내려쳐 몸을 일으켜 세웠다.

피— 융!

화살과 목 사이의 거리는 2촌.

어차피 화살은 느리니 앞으로 달려서 심검으로 나무를 베면 승산이 있다.

피월려는 왼발을 앞으로 내디디며 상체를 앞으로 기울였다.

피— 융!

화살과 오른발 사이의 거리는 1촌.

피월려는 다리에 힘을 주었다.

그러나 갑자기 머리를 스치는 생각에 주었던 힘을 뺐다.

왜?

왜 나무를 베면 이긴다는 것이지?

그런 보장은 전혀 없다.

애초에 나무를 베야 한다는 생각을 왜 하게 되었을까?

바로 누라가 이를 언급했기 때문이다.

누라가 스스로 질 이유를 만들어서 주었다.

그렇다면 그것은 함정임이 분명하다.

화살이 느린 것도 다 그것을 유도하는 것일 수 있다.

왜 나무 아래로 오게끔 만들려는 것인가?

누라가 막 마지막 시위를 놓기 전, 피월려가 그 자리에서 우뚝 섰다. 그의 머릿속에서는 수많은 왕창삼과의 일전이 그려지고 있었다.

무공으론 도저히 이길 수 없는 고수를 상대하기 위한 가장 좋은 도구는 무엇인가?

"폭약(爆藥)인가?"

그 소린 매우 작았으나 온 신경을 집중하고 있던 누라에겐 또렷하게 들렸다.

그 한마디는 누라의 마음을 송두리째 뒤흔들었다.

그 흔들림은 그녀의 손끝을 타고 화살의 끝까지도 이어졌다.

피— 융!

화살과 피월려의 인중 사이의 거리는…….

3척 1촌!

피월려가 피하지 않았음에도 그 정도의 차이가 난 것은 누라가 터무니없이 잘못 쏘았기 때문이다.

누라는 입으로 올라오는 말을 막을 수 없었다.

"심검마……."

금강부동신법으로 화살을 피한 것이 아니라 말 한 마디로 그녀의 마음을 뒤흔들어 피했다. 그 보상은 검기 한 발을 쏠 수 있는 내력.

피월려는 내력 전부를 짜내어 심검 끝에 담았다. 그리고 그 대로 소소를 휘둘러 검기를 쏘았다.

누라는 쏜살같이 날아오는 검기를 보며 바닥을 향해 발을 찼다.

콰지직!

검기에 부서진 나뭇가지들과 나뭇잎 사이로 누라의 신체가 드러났다.

한쪽 어깨가 훤히 드러나는 펑퍼짐한 외투 안에 검은 천을 가슴팍까지 단단히 조인 차림이다. 바지를 비롯해 몸에 걸친 모든 옷이 모두 고운 흑색으로 되어 있고, 머리카락과 피부까지도 흑옥색이다 보니 떨어지는 와중에도 어둠에 섞여 통 보이질 않았다.

피월려는 재빨리 앞으로 달려 나갔다. 폭약이 있다 한들 누라 본인도 같이 떨어지는 와중에 터뜨릴 순 없을 것이기 때문이다.

나무 옆에서 누라가 착지했을 때, 때마침 다다른 피월려는 소소를 횡으로 휘둘러 그녀의 얼굴을 베려 했다. 그녀는 즉시 보법을 펼쳐 몸을 피월려 쪽으로 파고들었다. 그러자 소소가 반쯤 휘둘러졌을 때 그녀의 신체가 이미 피월려의 팔 안쪽으로 들어와 있었다.

탁!

들고 있던 지팡이를 이용해 피월려의 소소를 막은 누라는 오른쪽 다리를 뻗어 뾰족한 창처럼 피월려의 얼굴을 공격했다. 그러나 이를 미리 파악한 피월려는 고개를 뒤로 젖히면서 잽싸게 무릎을 꿇었다.

쿵!

얼굴 위로 쭉 뻗은 발을 피한 피월려는 무릎이 땅에 닿기 무섭게 왼손을 활짝 펴고 위로 올려치며 누라가 뻗은 오른쪽 다리의 무릎을 노렸다.

피할 시간이 나오지 않는다는 것을 깨달은 누라는 오른쪽 무릎에 내력을 잔뜩 집어넣어 보호했다.

내력이 없는 피월려의 손바닥과 내력이 가득한 그녀의 무릎이 부딪친다면 피월려의 손뼈가 모조리 부서질 것이 자명했기 때문이다.

하지만 그런 일은 일어나지 않았다.

피월려의 손바닥과 누라의 팔이 닿기 직전, 피월려의 손가락이 오므라지며 누라의 무릎이 벼랑 끝인 것처럼 덥석 잡았다.

"아닛!"

피월려는 그 무릎을 나무삼아 잡아서 내리 끌며 동시에 몸을 일으켰다. 그러곤 머리를 그대로 누라의 콧등에 박아버렸다.

쿵!

"크윽!"

뿜어지는 선혈에 피 맛을 본 누라는 자기도 모르게 보법을 펼쳐 거리를 벌리려 했다.

피월려는 그대로 그녀를 따라가는 척하다가 슬쩍 한 발자국을 덜 옮겼다.

그렇게 생긴 거리는 정확히 심검의 검경이었다.

소소에 투명하게 떠오른 심검이 여름밤의 더운 공기를 급속도로 냉각시켰다.

그것을 보는 것만으로도 마음이 베어져 버릴 것 같던 누라는 그 즉시 마기를 폭주시키면서까지 급히 신법을 펼쳐 몸을 가속해 공중에서 한 바퀴 돌았다.

사— 락.

심검이 벤 건 누라의 머리카락 한 뭉텅이뿐이었다.

피— 융!

누라는 증폭된 내력을 바탕으로 공중에서 도는 와중에 화살에 시위를 당겨 화살 한 발을 빠르게 쏘았다. 이는 내력이 바닥나 금강부동신법을 펼칠 수 없는 피월려로서는 피할 수 없는 화살이었다.

푹!

그나마 부정확한 자세에서 쏜 것이라 피월려의 오른쪽 어깨에 파고드는 것으로 끝났다. 피월려는 소소를 잡은 손에 힘이 잘 들어가지 않는 걸 느꼈지만, 애써 무시하며 여러 번 앞으로 휘둘렀다.

그러나 소리 없는 검날은 누라의 잔상만 허무하게 베어냈을 뿐이다.

다행히 누라도 상태가 좋지 않았다. 안 그래도 코가 주저앉아 피가 흘러나오는데 무리한 내력의 운용으로 인해 속에서도 선혈이 올라와 그녀의 입가를 적시고 있었다. 기혈이 들끓어 마성에 젖기 일보 직전이라 도저히 피월려와 일전을 이어갈 수 없던 그녀는 후퇴를 결정했다.

탁. 탁. 탁.

누라는 신법을 그대로 이어서 피월려에게서 달아났다. 피월려는 점차 멀어지는 그녀를 쫓았지만, 그녀를 따라갈 만한 내력이 없었다.

곧 그녀의 모습을 놓친 피월려는 걸음을 멈추고 어깨에 깊이 파고든 누라의 머리카락을 뺐다.

머리카락이 뽑혀 나오면서 혈관과 신경을 자극했다.

"크윽."

작은 신음 소리를 내며 그것을 뽑은 피월려는 앞에서 날아오는 화살을 느끼곤 오른손으로 소소를 휘둘렀다.

사— 락.

누라는 자기 몸을 회복할 생각이 없는 것 같았다. 그러나 확실히 부상은 컸는지 전처럼 시간 차이를 두고 공격하여 피월려를 애먹이진 못했다.

"그래, 누가 이기나 보자."

소소를 휘둘렀기에 어깨에서 다시금 찌릿한 고통을 느낀 피월려는 왼팔로 그 상처 부위를 감싸며 서서히 걸음을 옮기기 시작했다.

누라가 처음 피월려가 가던 곳이 잘못된 방향이라 했으니 처음 도망친 곳과 처음 그가 향하던 방향이 아닌 아예 완전히 새로운 방향으로 움직였다.

그는 몸을 움직이는 와중 혹시나 하는 마음에 소소를 왼손으로 옮겨 잡았다.

그리고 그의 옆에 있는 애꿎은 나무를 베어보았는데, 그 나무는 곧 깨끗하게 베어져 그 단면을 타고 옆으로 미끄러졌다.

우르르 무너져 내리는 나무를 보며 피월려는 중얼거렸다.

"왼손으로도 문제가 없어. 즉 무형검(無形劍)을 기반으로 한 것이긴 한데……. 가만, 무형검이라? 무형(無形)……."

피월려는 지금껏 심검을 쓰고 있었지만, 그는 그 묘리를 정확하게 파악하지 못하고 있었다.

다만 영안을 얻어 용안심공을 대성하고 나서 완성된 것이라 추측할 뿐이었다.

그가 완전히 이해하지 못한 영안을 통해 이룩한 것이니 심검 또한 이해할 수 없는 건 어찌 보면 당연한 일이다.

피— 융!

때마침 날아오는 화살을 향해서 피월려는 심검을 휘둘렀다.

사락.

그는 심검에 잘려 나간 머리카락을 보면서 자기 이마를 툭 쳐 머릿속에서 상념을 지워냈다.

"툭하면 무아지경에 빠지다 보니 버릇이 들었나? 이런 상황에서도 궁상떨고 있으니 죽여달라고 목 내미는 꼴이지."

피— 융!

화살이 하나 더 날아왔다.

사락.

심검으로 가볍게 베어낸 피월려가 서서히 걸음을 걷기 시작하자, 화살은 더 날아오지 않았다.

이는 부상을 당한 누라가 피월려에게 진심 어린 공격을 퍼부을 수는 없지만, 낌새가 이상할 때마다 한 발씩 날릴 수는 있다는 반증이다.

피월려는 생각했다.

누라가 가장 두려워하는 것이 무엇인가? 바로 내가 내력을 회복하는 것이다. 따라서 내가 운기조식을 하지 못하게끔 견제용으로 한 발씩 화살을 쏘는 것이다.

이는 이상하다.

천마급에 이를 정도면 꼭 가부좌를 틀어야만 운기조식을 할 수 있는 것이 아니다.

절정, 혹은 지마급이어도 속도는 느리지만 걸으면서 내력을 회복할 수 있다. 이는 무단전의 내공을 익힌 피월려에겐 누구보다도 쉬운 일이다. 따라서 누라는 내가 걸음을 걷는다고 해서 내력을 모으지 못하는 걸 확신할 수는 없다. 그렇다면……

피월려는 설마 하는 생각에 소소를 입에 가져가 보았다.

피— 융!

역시 화살은 날아왔고, 피월려는 얼른 입에서 소소를 떼고 심검을 휘둘렀다.

사락.

피월려는 정말 아슬아슬하게 화살을 벨 수 있었다. 이에 소소를 입에 가져가는 시도를 다시 하고 싶은 생각이 완전히 사라졌다.

조금만 늦었더라도 화살이 머리에 박혔을 것이다.

다만 이로써 한 가지 확신할 수 있었는데, 바로 누라가 피월려가 내력을 모으기 위해선 소소를 연주해야 한다는 것을 알고 있다는 점이다.

그 제약을 정확히 알고 있다는 가정 아래서만 누라의 행동이 설명된다.

피월려는 부지런히 발걸음을 옮기면서 기억을 더듬었다. 언제쯤 누라가 그 사실을 알게 되었을지 고민에 고민을 거듭했고, 곧 가장 의심스러운 사람을 손꼽을 수 있었다.

"모든 마인에게 신물주에 관한 정보가 전부 공개된다던데, 정말이었군."

피월려는 자신이 큰 문제에 당면했다는 것을 깨달았다. 이대로 시간이 지나면 누라는 지금까지 사용한 마기를 회복할 수 있지만, 피월려는 깨진 봉마술에서 새어 나오는 미세한 양밖에 얻지 못하기 때문이다.

그렇다면 무리해서라도 상황을 반전시켜야 한다.

피월려는 오른쪽 어깨를 한 번씩 크게 돌리면서 몸 상태를 확인했는데, 벌써 상처가 아물었는지 조금의 뻐근함 외에는 아무것도 느껴지지 않았다.

내력 역시 확인해 보니 보법 두세 번을 펼칠 수 있을 정도였다.

그는 한 식경을 더 걸어 내력을 좀 더 모았다.

그리고 마음을 잡았다.

"하― 후."

심호흡을 내뱉은 그는 한 번 더 입가에 소소를 가져갔다.

피— 융!

화살이 얼굴에 닿을 찰나, 피월려는 금강부동신법을 펼쳤다. 미끄러지듯 공중에서 반 바퀴 돌면서 화살을 피해낸 피월려는 발이 땅에 닿는 즉시 힘을 주어 화살이 날아온 방향으로 전속력으로 내달렸다.

그렇게 두세 개의 큰 나무를 순식간에 지나자 막 연기처럼 사라지는 누라의 모습이 보였다. 그녀의 코와 입에선 더 이상 출혈이 없었는데 그 짧은 순간에 출혈이 멈춘 건 그녀가 익힌 마공의 위력임이 분명했다.

암흑 속으로 삼켜지는 동안에도 그녀는 화살에 가공할 내력을 불어넣었는데, 그 속에 담긴 마기가 멀리 있는 피월려에게도 느껴질 정도였다.

전심전력(全心全力)!

그녀는 본능적으로 피월려가 승부수를 띄웠다는 것을 알아차린 것이다.

피월려는 모든 내력을 금강부동신법에 퍼부어 그녀에게 쏜살같이 다가갔다. 누라는 그것을 차가운 눈빛으로 지켜보면서 화살에 마기를 더욱 집약시킬 뿐 끝까지 참고 쏘지 않았다.

그렇게 심검이 그 활에 닿으려는 그 순간, 화살이 활시위를 떠났다.

패— 앵!

지금까지의 거리 중 가장 짧은 거리에서 지금까지의 속력과 위력을 두 배 이상 상회하는 화살이 쏘아졌다. 용안심공과 금 강부동신법으로도 고작 할 수 있는 건 몸을 틀어 심장을 벗어나게 하는 것뿐.

찰나의 시간 후, 화살의 끝이 피월려의 심장 언저리에 파고 들기 시작했다.

그리고 그와 동시에 피월려의 심검의 끝이 누라의 상체를 크게 훑었다.

"크윽!"

"큭!"

짧은 두 신음 소리를 뒤로 누라의 신체는 어둠 속에 완전히 사라졌다. 그러나 그녀의 상체에서 내뿜어진 뜨거운 피는 피 월려의 온몸을 적시고도 남았다.

피월려는 그 자리에 주저앉아 가슴을 부여잡았다. 심장이 쿵쾅거릴 때마다 온몸이 저려오는 고통에 정신 줄을 놓아버 릴 것 같았기 때문이다.

그는 곧 용안심공을 극한으로 펼쳐 고통을 이겨냈다. 그리 고 가슴에 파고든 화살을 빼내려 했는데, 그랬다가는 오히려 더 피해가 심해질 것 같다는 판단이 섰기에 살 위로 빠져나온 머리카락을 자르며 말했다.

"얕았어. 빌어먹을."

왼쪽 어깨에서 오른쪽 허벅지까지 사선으로 베어진 그 상처는 보통의 무림인이라면 분명 중상이라 할 만하지만, 마인이라면 운기조식 몇 번으로 충분히 회복할 수 있는 수준밖에 되지 않았다.

피월려는 숨을 고르며 주변을 살폈다.

한 장 정도의 거리에 누라가 활시위를 당기고 있다.

"무, 무슨……!"

땅에 피를 물처럼 쏟아내는 와중에도 그녀의 자세는 전혀 흔들리지 않았다. 그러나 부상이 심하긴 한지 활시위를 놓지 못하고 있었다.

피월려는 그것을 본 즉시 다리를 움직여 다가갔다. 그러자 누라는 제 시간에 활을 쏘지 못할 거라 생각했는지 활을 내리면서 또 어둠 속으로 사라지려 했다.

거의 다가온 피월려는 심검을 그대로 펼쳐 그녀를 베어 넘기려 했으나 한발 늦었다.

그녀의 모습은 사라지고 애꿎은 외투만이 그곳에 펄럭였다.

치이이이익.

어디선가 들어본 소리.

피월려의 동공이 고양이의 그것처럼 커졌다.

펄럭이는 외투 안으로 타들어가는 심지가 그의 눈동자에

비췄기 때문이다.'

콰과광!

엄청난 폭발음과 함께 피월려는 그대로 두어 장을 날아가 땅을 굴렀다. 그 와중에도 소소를 놓지 않은 건 천마급의 마공도, 천부적인 재능도 아닌 평생 동안 매일 한 수련의 결과였다.

피월려는 가슴을 부여잡고 자리에서 일어났다.

심장은 터질 것 같았고, 온몸은 타들어갈 것 같았다.

눈앞이 핑 돌고 다리가 후들거리는 것이 죽을 맛이었다.

누라 또한 기혈의 폭주와 신체의 상처 때문에 당장 피월려를 공격하지 못하고 어둠 속에 숨어 있었다.

피월려는 중얼거렸다.

"그렇다고 여기서 운기조식을 할 수는 없어. 그건 마궁도 마찬가지."

그는 심장에 무리가 가지 않는 선을 지키며 천천히 걸음을 옮겼다.

그렇게 하루가 지나고 이틀이 지나고 보름이 지났다. 그동안 얼마나 많은 화살이 날아왔고, 얼마나 많이 검을 휘둘렀는지 셀 수조차 없었다.

먹지도, 마시지도, 자지도 않고 걸음을 옮긴 피월려의 몰골은 수척이란 말로 표현하기조차 민망한 수준이었다.

해를 보고 방향을 대강 유추한 그는 제갈세가를 향해 하염없이 걸었다.

어디까지 왔는지조차도 전혀 알지 못한 채 그저 걸음을 계속했다.

다만 봉마술이 점차 깨어져 새어 나오는 마기가 많아지는 것을 보고 그가 가는 방향이 맞을 것이라 희망을 품을 뿐이었다.

그러나 현실은 암담했다.

봉마술이 깨진 틈 사이로 새어 나오는 마기는 시간이 지나면 지날수록 극양혈마공으로 변질되고 있었다. 소소의 음기와 조화가 끊어진지라 태극음양마공의 마기가 모두 극양혈마공으로 다시금 되돌아간 것 같았다. 태극지혈도 없어 음기를 대체할 것도 없었다.

극양혈마공의 여파로 인해 심장에 박힌 화살이 저절로 밀려 나올 만큼 육신의 힘이 강해졌다.

다만 그로 인한 마성을 억누르는 것이 너무나 고된 일이라 차라리 전처럼 심장의 고통을 억누르는 게 더 좋을 것 같다고 피월려는 생각했다.

이 때문에 피월려는 몇 번이나 소소를 입에 대고 음기를 흡수하고 싶었다.

그러나 보름이 지난 지금까지 참아왔다. 그토록 중상을 입은 누라가 설마 매 순간마다 지켜볼까 하는 의심이 고개를 들 때면 오히려 소소를 잡은 손에 힘을 주어 언제라도 심검을 펼칠 준비를 했다.

그러나 보름은 너무 긴 시간이다.

용안심공은 내력을 소모하지 않기 때문에 마치 대가가 없는 것처럼 보이지만 엄연히 심력(心力)이란 놈을 소모한다.

이는 의지와 정신의 힘이기에 보이지 않는 누라와의 심투 때문에 바닥을 드러낼 만큼 많이 깎여 나갔다. 보름의 시간 동안이나 심투를 지속한 그 자체만으로도 사실 기적 같은 일이다.

태양이 중천에 이르자 극양혈마공의 마기가 다시금 정신을 좀먹었다. 그리고 음기에 대한 갈망도 그만큼 커졌다. 피월려는 더 이상 소소를 입에 가져가는 팔을 막을 의지가 없었다. 부들부들 떨리는 손에 잡힌 소소에서 풍기는 달콤한 음기는 마치 천상의 과즙처럼 피월려를 유혹했다.

과연 마궁은 지금까지도 따라오고 있을까?

지금 이 순간에도 나를 보며 기회를 엿보고 있을까?

혹시 능산에 뒤처지지 않았을까?

혹시 잠을 청하고 있진 않을까?

설마 보름이나 지났는데?

없을 것이다.

없을 거야.

더 이상 참을 수 없던 피월려는 소소를 입에 담았다.

화살은 날아오지 않았다.

피월려는 소소에서 오는 음기와 마음에서 일어나는 안도감
으로 인해 정신을 잃어버릴 것 같았다. 중천의 해에서 쏟아지
는 양기와 소소에서 스며드는 음기의 조화는 간신히 이성을
잡고 있던 마지막 정신 줄을 끊어버렸고, 피월려는 정신없이
음기를 먹어치우기 시작했다.

그때였다.

피— 융!

화살이 날아왔다.

이를 들은 피월려는 급히 소소를 휘두르려 했지만 그의 몸
은 말을 듣지 않았다. 온몸의 근육 하나하나, 뼈 하나하나가
소소의 음기에 취해 피월려의 명령을 거역했다. 마치 그 명령
이 떨어진 적도 없는 것처럼 조금의 반응도 없이 음양의 조화
에만 매진할 뿐이었다.

화살은 피월려의 왼 볼을 파고들어 오른쪽 볼로 튀어나왔
다.

"크윽!"

얼굴을 관통하는 찌릿한 고통에 근육과 뼈가 놀라 그 취기
에서 벗어났다. 피월려는 피가 터져 나오는 양 볼을 왼손으로

부여잡고는 오른손으로 소소를 쳐들고 화살이 날아온 방향을 보았다.

그곳엔 땅에 두 팔과 두 다리를 짚고 숨을 헐떡이고 있는 누라가 보였다. 피골이 상접한 그녀의 몰골 또한 피월려 못지않았다.

심검에 베인 큰 검상은 흑의의 천조각과 굳은 핏물이 뒤엉켜 구토가 나올 정도로 징그러웠다. 그런 부상에도, 누라는 보름이 넘는 시간 동안 한순간도 쉬지 않고 피월려에게 따라붙은 것이다.

그녀도 기혈에도 이상이 생겨 마공의 폭주를 간신히 막고 있어 내력도 마음껏 쓰지 못하는 상황이다. 때문에 몸 상태가 말이 아니었고, 머리를 노리고 쏜 화살이 볼을 꿰뚫게 된 것이다.

만약 그녀의 몸 상태가 조금이라도 좋았다면 피월려는 머리가 뚫린 채 죽었을 것이다.

"마궁, 대단하군."

"……."

피월려는 마치 천 근의 돌을 드는 것처럼 힘겹게 발을 옮겨 조금씩 누라에게 다가갔다.

누라는 숨을 계속 헐떡이며 지팡이를 세우고 거기에 몸을 실어 겨우 일어났다. 그리고 간질 환자처럼 떨리는 팔을 들어 그녀의 머리카락을 하나 뽑았는데, 그것조차 뽑을 힘이 없어 수차례나 잡아당겨야 했다.

지팡이에 머리카락을 건 누라는 내력을 짜내어 그 속에 담았다. 그러자 지팡이는 활이 되었고 머리카락은 화살이 되었다.

피월려는 눈의 초점을 모았다. 그러나 화살의 끝이 계속 흐리게 보였다.

눈에 이상이 생긴 것이 아닌가 했지만, 이는 피월려의 눈에 이상이 생긴 것이 아니라 누라의 화살이 계속 떨리고 있었기 때문이다.

피— 융!

겨우 바람을 타고 날아온 그 화살은 너무나 느렸지만, 피월려는 피할 생각조차 하지 못했다.

푹.

화살이 그의 허벅지에 박혀 들어가며 짜릿한 고통을 선사하자, 다시 음기의 갈망에 빠져들던 그의 육신이 말을 듣기 시작했다.

극양혈마공에 의해 그 고통이 사라지기 전에 움직여야 한다.

피월려는 갓난아이가 처음 걸음마를 떼는 것처럼 가진 모든 심력을 모아 한 걸음에도 전심을 다했다.

"후우, 후우……."

그렇게 조금씩 다가오는 피월려를 본 누라는 거친 숨소리를 내며 다시금 머리카락 하나를 뽑으려고 손을 머리에 가져갔다. 그렇게 열 번 이상을 당겨서 뽑은 머리카락이 활시위에 걸렸고, 누라는 호흡까지 아껴가며 다시금 남은 내력을 화살에 불어넣어 쏘았다.

피— 융!

걸음에 온 신경을 쏟던 피월려는 화살이 날아오는지도 인지하지 못했다.

푹!

이번에는 귀에 박혔다.

막 뒤로 넘어가려던 피월려의 눈동자가 파르르 떨리며 제자리를 찾았다.

피월려는 다시금 걸음을 옮기기 시작했다.

"하악, 하악……."

그 작은 내력을 쓴 것으로도 기혈에 엄청난 부담이 되는지 누라는 다시 엎어지며 숨을 골랐다. 이성이 흐릿해지는 것을 느낀 그녀는 어린 시절 행복하던 추억까지 끄집어내 마성의 침범을 막았다.

어느 정도 안정을 되찾은 그녀는 다시 고개를 들어 손을 머리로 가져갔다.

머리카락을 뽑고 활시위를 걸었다.

피— 융!

이번 화살은 허무하게 피월려의 옆을 지나갔다.

누라는 다시 거친 호흡을 내뱉었다.

피월려는 걸었다.

그 걸음을 곁눈질로 본 누라는 고개를 아래로 떨구었다.

다시 고개를 들 힘도 의지도 없던 그녀는 애꿎은 땅만 쳐다
보았다.

"후우……."

저벅.

"후우……."

저벅.

"후우……."

저벅.

코앞에서 발소리가 나자 그녀는 오른손을 자기 머리카락에
가져갔다.

퓨— 슉!

심검에 의해 누라의 오른 손바닥이 뚫려 진득한 피를 뿜어
냈다.

누라는 얼굴을 찌푸리며 지팡이가 된 활대를 들고 휘둘렀
다.

쿵!

그녀는 왼쪽 손목을 때리는 강력한 충격에 지팡이를 놓쳤다.

누라는 오른발을 들어 피월려를 찼다.

탁!

피월려의 왼손에 그녀의 발이 허무하게 막혔다.

으드득!

뼈를 으스러뜨릴 법한 힘에 누라는 입을 벌리고 소리 없는 비명을 질렀다. 피월려는 힘을 빼고 옆으로 그녀의 다리를 던졌고, 도저히 중심을 잡을 수 없던 누라는 그대로 옆으로 엎어졌다.

땅바닥에 침상인 것처럼 누운 그녀가 바싹 마른 입술을 열고 말했다.

"바로 목을 치실 줄 알았습니다."

바람 소리에 묻힐 정도로 나약한 목소리였다.

누라가 완전히 굴복했다는 것을 확인한 피월려는 심검을 거두고 소소를 코에 가져가 냄을 늘이켰다. 소소를 통해서 들어온 공기에 소소의 미약한 음기가 묻어나왔다. 피월려는 오랫동안 잠수하다 물 밖으로 나와 호흡한 것 같은 상쾌함을 느꼈다.

그러자 극양혈마공의 마성이 가라앉기 시작했다. 터져 버린

양 볼과 허벅지에서 느껴지는 고통과 소소를 통해 숨으로 공급되는 음기가 피월려의 정신을 붙잡아주는 좋은 도구가 되었기 때문이다.

피월려가 물었다.

"선천지기를 폭주시키지 않는 이유가 무엇이오? 끝까지 마성에 젖는 것을 참는 것 같던데……."

누라가 눈을 천천히 감으며 말했다.

"천마에 대해서 잘 모르지만 분명 그런 편법으로 이룰 수 있는 건 아닐 겁니다."

"그렇게 이룬 사람도 있을 것이오."

"궁에 가장 중요한 건 바로 인내와 설계입니다. 본능과 임기응변은 주먹질이나 발길질하는 놈들에게나 추천해 주시지요. 제 길이 아닙니다, 그건."

모든 무기 중에서 정중앙에 위치한 검(劍)은 전투에 모든 요소를 골고루 필요로 한다. 그러나 그 중앙에서 멀어진 무기일수록 부각되고 희미해지는 요소의 편차가 크다. 특히 정반대에 있는 무기들은 그 둘이 완전히 상반되는데, 그 예가 바로 궁(弓)과 권각(拳脚)이다. 누라가 바로 이 둘의 차이를 말한 것이다.

피월려는 묻지 않을 수 없었다.

"그래서 선천지기를 폭주시키는 도박을 하지 않았다?"

"이성을 잃고 마성에 젖는 것은 궁에 대한 모욕입니다."

"……"

"어차피 천마에 이르지 못하면 죽을 각오를 처음부터 했습니다. 깔끔하게 졌습니다. 죽이시지요."

"그렇게 무를 추구했다면, 폭약을 쓴 이유는 무엇이오?"

누라의 입은 바로 열렸지만, 말은 조금 뒤에 나왔다.

"그, 그건… 됐습니다. 죽을 텐데 말해 뭐 하겠습니까? 죽이시지요."

과감히 생명을 포기하는 그녀의 모습을 보며 피월려는 자문했다.

나는 과연 살아남기 위해 무를 추구하는 건가, 무를 추구하기에 사는 건가?

피월려는 진중한 목소리로 말했다.

"그랬다면 손을 잘랐을 것이오. 내가 뼈를 비켜 찌른 이유를 아시오?"

"그랬습니까? 오른손이 아파 죽을 것 같아서 손목을 벤 줄 알았습니다만, 이건가 봅니다!"

"힘을 빌리고 싶소. 여기서 목숨을 살려줄 테니 나를 도우시오, 마궁."

누라는 미련 없이 말했다.

"그냥 죽이십시오."

"아, 미안하오. 대화하기 전에 생각해 두었던 말을 그대로 했군. 내가 하려던 말은 그게 아니었소."

"예?"

"천마에 이르게 해줄 테니 나를 도우시오, 마궁."

"……."

"그건 와닿소?"

잠시 고민한 누라가 나지막하게 말했다.

"제가 피 대주를 쫓은 건 단순히 천마에 이르고 싶은 개인적인 욕망 때문만은 아닙니다."

"후빙빙 장로의 명령이겠지. 아니오?"

"잘 아시는군요. 장로님의 명령을 어길 순 없습니다."

서서히 음양의 조화가 일어나 극양혈마공의 마성이 줄어들자 빈사 상태가 되었던 용안심공도 점차 기운을 되찾는 것 같았다.

피월려는 한층 맑아진 눈빛으로 누라를 내려다보았다.

"만약 그 명령을 천마에 이르고자 하는 욕망보다 먼저 두었다면 선천지기를 폭주시켜야 했소. 하지만 그러지 않았지. 이는 명령을 지켜야 한다는 사명감보단 천마에 이르고 싶다는 욕망이 더 크다는 증거이오."

"……."

"폭약을 쓸 때만 해도, 명령이 먼저였지. 그러나 지금은 아니요. 심지어 죽음을 앞둔 상황에서조차 무를 추구하는 마음을 버릴 수 없게 된 것 아니오?"

누라는 눈을 감고 입을 막고 싶었다. 그러나 한 명의 무인으로서 도저히 고백하지 않을 수 없었다.

"보름간의 그 처절한 싸움 속에서… 본 게 있습니다. 뭐라 설명하기 어렵군요."

짧은 독백 같은 말이지만 피월려는 그녀의 말을 완전히 이해했다.

"아, 그놈? 그놈을 보셨군. 그거 나도 잘 아는 놈이오. 무(武)라는 놈이지."

"……."

"명령과 욕망 사이에서 고민하시는 것 같은데, 자신에게 솔직해지시오, 마궁."

누라는 감은 눈을 한 번 더 질끈 감았다.

"그렇다고 해서 장로님을 배신할 순 없습니다."

"나를 돕는다고 후 장로를 배신하는 것이 아니오."

"어떻게 아닙니까?"

"교주는 양패구상을 당하지 않았소. 멀쩡하지."

누라는 눈을 번쩍 떴다.

"무, 무슨……!"

피월려는 친절히 설명했다.

"마궁은 나를 죽이실 작정이었소. 즉 신물을 이어받을 생각이었지. 그 후 후빙빙에 죽어줘서 신물을 넘긴다? 솔직히 그렇게 기꺼이 목숨을 내놓을 사람으로는 안 보이오. 그러면 유일한 가능성은 바로 후빙빙이 부상당한 교주를 죽여 교주의 신물을 얻고 난 뒤 마궁은 신물전의 신물을 포기하는 것이오. 그럼 포기한 신물은 자연스레 짝을 찾아 후빙빙에게 돌아갈 것이고, 그러면 두 신물이 만나 그 모습을 드러내며 후빙빙이 교주에 등극할 수 있는 명분을 주겠지. 그러나 만약 교주가 멀쩡하다면? 후빙빙은 죽을 것이고, 마궁은 신물주가 되어 교주 측 마인에게 추살당할 것이오. 어떻소, 내 말이?"

"……."

피월려는 누라가 겉으로 티는 내지 않았지만 그 마음은 심하게 흔들리고 있다는 것을 알았다.

그는 좀 더 몰아붙였다.

"한 가지 궁금한 것이 있소. 나를 추격하는 자가 왜 마궁밖에 없소?"

누라는 말을 더듬었다. 그녀도 사실 그 부분이 의문이었기 때문이다.

"그, 그건 아마 중간에 백도세력에게… 당했을 겁니다."

"확신할 수 있소? 내 생각에는 낙양에서 나오지도 못하고 교주 쪽에게 당한 것으로 보이는데?"

"……."

"지금 후 장로는 나와 힘을 합쳐 교주를 견제해야 하오. 교주의 간책에 걸려들게 되면 후빙빙도 목숨을 장담할 수 없을 것이오."

마궁은 꽤 오랜 시간 동안 상고하는 듯했으나 이내 다시 눈을 감아버렸다.

"그 말이 사실이라 해도 이미 후 장로는 죽었을 겁니다. 어차피 제겐 피 대주를 죽일 방법도 없고 그 말을 확인할 방법도 없습니다. 그냥 죽이십시오."

"나를 믿지는 못하겠소?"

"말만 듣고 뭘 믿으라는 겁니까? 그것도 심검마의 말을 말입니까? 어차피 전 피 대주와 심계를 다툴 말솜씨도 없습니다."

"……."

"마지막으로 말씀드리겠습니다. 죽이십시오."

마궁은 단언하곤 다시는 말을 하지 않을 것처럼 입을 굳게 다물었다. 그러곤 고개를 돌려 버렸다.

그녀는 절대 말로 믿음을 얻을 수 없는 사람이다.

그런 사람에게 믿음을 얻는 방법은 단 하나밖에 없었다.

바로 먼저 믿는 것.

피월려는 그 자리에서 가부좌를 틀었다.

그가 앉는 소리에 설마 하고 돌아본 마궁의 눈이 동그랗게 변했다.

피월려가 눈을 감으며 말했다.

"몸을 회복하시오. 나도 회복해야겠소."

"진심입니까?"

"마궁이 말한 대로 내가 무슨 말을 한들 마궁이 믿을 수 있겠소. 그러니 내가 먼저 믿어야지."

"……."

"서로 잘 회복하고 봤으면 좋겠군."

피월려는 대뜸 소소를 입에 가져가 연주를 시작했다. 그러곤 완전히 무아지경에 빠져들었다.

이를 멍한 눈으로 지켜본 마궁이 기가 찬 듯한 목소리를 내었다.

"다른 게 천마가 아니라 배포가 천마군. 진짜 그냥 이대로 죽여?"

말은 그렇게 했지만 마궁의 얼굴에는 묘한 미소가 생겨났다. 그녀의 성정상 절대 무방비한 상태의 피월려를 죽일 수 없었고 그녀도 그것을 잘 알고 있었다.

누라는 마지막으로 힘을 내어 몸을 일으켜 가부좌를 틀었다. 그것조차도 일각 이상 걸렸다.

곧 그녀도 무아지경에 이르자 그 일대는 그들의 몸에서 뿜어지는 마기로 가득 차오르기 시작했다.

*　　　　　*　　　　　*

피월려와 누라는 동시에 무념무상에서 깨어났다. 그것은 우연이 아니었다.

"태양이 하늘의 가장 높은 중천에 이르면 이 세상은 극양의 기운으로 가득 차느니라. 이에 태극사상으로 세상의 섭리를 속이는 모든 기문둔갑은 극양의 기운 아래 그 기능을 상실한다. 때문에 깨웠느니라, 이 무식한 연놈들아. 지금 출발하지 않으면 본 가에 도착하기 전에 기문둔갑이 풀릴 테니 어서 일어나라!"

당돌하면서도 아직 어눌한 발음을 완전히 벗어나지 못한 남아(男兒)는 그 나이에 맞지 않는 부리부리한 눈빛을 가지고 있었다. 노인처럼 뒷짐 진 자세로 서 있는 그는 가부좌를 튼 피월려와 누라의 눈높이밖에 오지 않는 작은 키였는데, 많이 쳐줘봤자 열둘을 넘지 않는 것 같았다.

피월려와 누라는 서로를 보고 다시 그 아이에게 시선을 돌렸다. 그 아이는 콧소리를 내며 휙 뒤돌아 걸었다.

"흥! 어서 일어나라니까. 무식한 것들."

피월려와 누라는 마기를 마지막으로 갈무리했다. 그리고 일어나는데 온몸의 상처가 상당히 회복된 것을 느꼈다. 심지어 누라는 상체의 크게 베인 상처에서도 찌릿하는 수준의 작은 고통만을 느낄 뿐이었다.

아무리 마공이라지만 죽음의 문턱까지 간 그들의 상태가 한 번의 운기조식으로 반 이상 회복될 리는 없었다.

피월려가 물었다.

"누구지? 기문둔갑 운운하는 것을 보니 제갈가의 사람인 것 같은데, 우리를 치료했나?"

그 아이는 짧은 다리를 연신 놀리며 말했다.

"그 용안심공이란 희대의 심공을 익혔어도 태생적으로 무식한 머리의 한계에선 벗어나지 못하는구나. 너희 연놈들의 몸이 비이상적인 속도로 회복한 건 본좌의 소행이 아니다. 무식한 너희 연놈들의 마기를 이곳에 가둬두느라 기문둔갑을 펼쳐두었는데, 이 때문에 중첩된 마기에 노출되어 마공의 효과가 극대화된 것이니라."

"그랬다면 마성에 젖어들었을 것이다."

"서로 마기를 주고받으며 필요한 부분을 나누니 그 찻잔이 넘칠 리 없지, 무식한 것아. 내가 직접 그 조화를 주도하여 넘치지 않게 방비까지 했으니 말 다 했지."

"……."

"아무리 무식하기로서니 하늘에 이르는 마기를 가진 둘이 이곳에서 운기조식을 할 생각을 해? 차라리 무당파에 서찰을 보내지 그러느냐? 이쪽으로 와서 죽여달라고 말이지. 가뜩이나 본 가에 일이 많아 본좌의 심기가 상당히 안 좋거늘 네놈들이 뭐라고 노인네가 보호하라는지 원……."

그때까지도 몸의 상처를 만져보며 믿지 못하겠다는 표정을 지은 누라가 입을 열었다.

"하늘에 이르는 마기를 가진 둘이라면 내가 천마를 이룩했다는 뜻이냐?"

남아는 깨달았다는 듯 손뼉을 쳤다.

"아, 여기서 막 오른 것이더냐? 그러니 그런 지독한 마기를 온몸으로 풍겼구나. 그럼 공중부양을 한 것도 모르겠구나?"

누라는 눈을 동그랗게 떴다.

"공중부양? 내가? 천마라고?"

"지혜의 극에 도달한 내가 장담하는데 네년이 뿜던 그 무식하기 짝이 없는 마기는 천마의 것이 확실하느니라."

'년'이라는 소리가 귓가에서 떠나질 않자, 누라는 결국 화를 참지 못했다.

"근데 보자 보자 하니까 이 쪼그마한 게!"

누라는 주먹을 들어 그 아이의 머리를 콩 하고 때렸다. 피월려는 용안심공을 펼쳐 그 아이가 그 주먹을 어찌 회피할까 기대하고 보았는데, 그 아이는 그 주먹이 자기 머리에 닿기까지도 전혀 모르는 듯했다.

"아얏! 이 무식한 년이! 누가 무식하기 짝이 없는 무림인 아니랄까 봐 말로 하지 않고 폭력을 쓰느냐? 그것도 자기를 보호할 줄 모르는 어린아이를 상대로. 쯧쯧쯧, 그러니까 하루 먹고 하루 살아가는 그 무식한 인생에서 벗어나지 못하는 것이니라."

두 팔로 자기 머리를 감싸 안고 반쯤 울 것 같은 눈빛으로 누라를 노려보는 남아는 전형적인 아이의 모습이었다. 그러나 그 입심은 노인 귀신이 씐 것 아닌가 싶을 만큼 뛰어났다.

누라는 황당하다는 듯 피월려에게 소리쳤다.

"와, 천마에 올랐다는 기쁨도 사라질 정도로 짜증 나는 놈입니다! 대주, 이놈 뭡니까?"

피월려가 말했다.

"제갈가의 아이겠지. 그쪽 사람들은 다 이러니 그러려니 하시오. 그건 그렇고, 천마에 이르신 걸 축하드리오. 내가 도와줄 일이 없게 되었군."

"아닙니다. 저를 죽이지 않으신 은혜는 은혜이지요. 어떻게 보면 덕분에 천마에 올랐다고도 할 수 있으니까요. 말씀하신 것이 확인될 때까지는 적어도 뒤에서 화살을 쏘진 않을 테니까 걱정하지 마십시오."

"그럴 성정이 아닌 것을 잘 아오. 상처는 어떻소?"

피월려의 진중한 목소리에 누라는 멋쩍은 미소를 지었다.

"완전히는 아니지만 걷는 덴 지장이 없는 듯합니다. 듣자 하니 기문둔갑으로 마기를 가둔 것 같은데, 아마 대주님의 마기까지 호흡하다 보니 그 경이로운 회복력을 빌리게 된 것 같습니다. 감사합니다."

포권을 취하는 누라를 보며 남아가 설명을 더했다.

"빌린 수준이 아니라 아주 강탈도 따로 없었느니라. 공중부양한 채로 무시무시한 마기를 뿜어내고 동시에 또 흡수하는데 처음 봤을 땐 이 무식한 놈의 마기를 채음보양(采陰補陽)이라도 하는 줄 알았다. 아! 이 경우에는 채양보음(采陽補陰)이겠군. 뭐, 무식한 놈도 처리해야 할 양기가 산더미였으니 서로 좋은 것이긴 했느니라. 하여간 무식한 년이 아주 욕심이 더럽게 많아서⋯⋯."

누라는 씹어 내뱉듯 말했다.

"다시 년이란 소리를 입 밖으로 꺼내면 혓바닥을 잘라 버릴 거다."

남아는 팔짱을 탁하고 끼더니 짝다리를 짚으니 말했다.

"년, 년, 년, 녀어언, 년! 년! 년! 뭐? 뭐? 년! 뭐? 왜? 년, 녀녀녀녀녀년."

"⋯⋯."

피월려는 어깨를 부르르 떠는 누라의 등을 한 번 쓸어주었다. 그는 혹시나 하는 생각에 그 남아에게 경어 대신 하오체로 물었다.

"이름이나 압시다."

그 아이는 피월려로 시선을 옮겼다.

"흥! 본좌는 제갈극이라 하느니라."

"나이는 어떻게 되오?"

"종심(從心) 십일 세니라."

"아, 그렇소? 뭐 기문둔갑의 부작용으로 몸이 어려졌다거나… 뭐 그런 건 전혀 없으시고?"

"본좌는 실패를 하고 싶어도 할 수 없는 몸이니라. 무식한 놈들은 그 무식한 인생을 살면서 밥 먹듯이 하는 게 실패라서 그런지 꼭 입에 달고 사는 말이 '모든 인간은 실패하고 넘어지고 그런단다' 이러는데, 그처럼 무식하기 짝이 없는 소리가 없지. 암. 하지만 이해는 한다. 본좌처럼 단 한 번도 실패를 모르는 이를 본 적이 없으니 그런 소리를 할 만해. 물고기에게 어찌 물 밖 세상을 설명하랴."

누라는 입을 딱 벌리고 다물 생각을 하지 못하는 듯했다. 하지만 제갈토와 제갈미를 이미 상대해 본 피월려에게 이 정도는 가뿐했다.

피월려가 말했다.

"아까 무당파라고 하지 않으셨소? 무당파가 왜 이곳 주변에 있다는 것이오? 혹 우리가 길을 잘못 온 것이오?"

제갈극은 몸을 휙 돌려 다시 짧은 다리를 열심히 움직였다.

"구 일 전에 갑자기 본 가를 기습했느니라. 다짜고짜 식솔들을 죽이고 건물을 불태웠지. 그렇게 멸문지화를 당하는 듯했지만 노친네가 도착했다. 가문의 진법으로 능력이 증폭된 노친네가 손가락 하나를 까딱이니까 무당 놈들 머리가 공중에서 두세 바퀴는 돌더군. 그걸 보더니 다 후퇴했느니라. 하지만 포위망을 풀지는 않았으니 검선을 기다리는 게지."

낙양에서 제갈세가는 대략 구백 리이고, 무당산에서 제갈세가까지는 대략 삼백 리다. 아무리 제갈토가 빠르게 움직였다고 해도 소식을 받은 즉시 출타한 무당파의 고수들보다 빨리 도착할 수는 없었을 것이다.

피월려는 짤막하게 상황을 정리했다.

"검선의 명을 받은 무당파에서 먼저 손을 쓴 것이군. 그나저나 무당파가 살생을 했소?"

"조금도 주저함이 없었느니라. 그들이 과연 무당파인가 의문이 들 정도였다."

"……."

제갈극이 혀를 차며 말했다.

"쯧쯧쯧, 그러기에 왜 진작 가문의 암호(暗號)를 안 알려줘서. 쯧쯧쯧. 지 자식이 뒈진 게 그리 슬펐나. 후계자도 못 정하고 말이야. 그럴 거면 검선을 암살하기 전에 식솔들한테 암호라도 내주던가. 미 누님에게 뒤통수 맞고 지 식솔도 못 믿게 된 순간부터 아주 맛이 갔어. 능수지통이라는 별호도 아깝지. 암."

피월려는 그 조롱을 인정할 수 없었다.

"천하의 능수지통이라도 친딸이 친아들을 죽였으니 정신에 영향이 있는 건 어쩔 수 없는 것이오."

제갈극은 피월려의 앞에서 걸음을 유지한 채 손가락 하나를 그의 얼굴 옆에 펼치곤 양옆으로 들어 보였다.

"그 때문에 식솔들 반 이상이 다 죽어나갔느니라. 누구나 그 암호를 알았더라면 가문의 진법으로 기문둔갑을 증폭하여 충분히 무당파의 태극진인들을 상대할 수 있었을 테지. 하지만 식솔조차 못 믿게 된 노친네는 가문을 떠나면서도 누구에게도 알려주지 않았느니라. 이건 지나가는 개가 보아도 명백한 실수! 암! 가주 자리에서 물러날 때가 되었지!"

"혹은 검선을 낚기 위해서 모두 안배한 것일 수도 있소. 가문이 휘청거리는 한이 있더라도 무림의 평화를 지키고 싶었다면 말이오."

제갈극은 팔짱을 끼었다.

"흥, 그 노친네에게 총애를 받더니 아주 개가 되었구나. 있다 가서 더 짖어보거라. 이번엔 영안이 아니라 영검(靈劍)이라도 만들어줄지 모르지 않느냐?"

"영검?"

피월려는 그 한마디에 또다시 상념에 빠져들었다. 심검의 정체를 모르는 한 그 실마리가 되는 모든 말은 그의 관심을 낚을 것이다.

그렇게 피월려가 자기만의 세계에 있는 동안, 누라와 제갈극은 서로 전혀 말을 섞지 않았다. 누라는 말해봤자 화만 날 거라는 것이 이유였고, 제갈극은 무식한 년과는 말도 섞기 싫다는 것이 이유였다.

그들은 그렇게 침묵을 지킨 채 오랫동안 걸었다.

저 앞에 제갈세가가 눈에 보이자 누라는 왠지 서서히 상황이 실감이 나는 것 같았다. 그녀는 옆에서 미친 사람처럼 혼잣말을 하는 피월려를 지팡이로 툭툭 쳤다. 이에 상념에서 벗어난 피월려가 누라를 보자 누라가 물었다.

"진짜 제갈세가로 들어갑니까?"

피월려가 말했다.

"사정을 모르시오?"

누라는 말없이 머리를 긁적였다. 그녀는 정말 명령 한마디에 피월려에 관한 중요 사항만 전해 듣고 추격한 것이기 때문이다.

피월려가 간략히 설명하자 누라는 난처한 미소를 지었다.

"힘이 되어달라는 게 이 뜻이었습니까?"

"검선을 상대하는 데 궁사는 큰 도움이 될 것이오."

"혹 저를 천마로 이끈 것도……."

"뭐, 부정하진 않겠소."

누라는 순간 든 생각에 버럭 소리를 질렀다.

"그럼 제가 지마로 남아 있었다면 어찌하려 했습니까? 지마쯤은 쓸모없었을 테니 버렸을 거 아닙니까?"

"용안심공의 구결을 알려주려 했소."

마궁은 경악했다.

"진짭니까?"

"지금 나는 마궁과 같은 입장이오. 모든 걸 걸어야 하오."

마궁은 천마를 노렸었다.

피월려가 노리는 게 무엇인지는 뻔하다.

누라가 나지막하게 말했다.

"입신을 노리시는군요."

"그렇소. 그때까지 검선과 싸우며 살아 있어야 하니, 잘 부탁드리오. 단칼에 죽어서야 입신에 오를 수 있겠소? 하하하."

누라는 재빠르게 말했다.

"용안심공 구결을 알려주십시오."

"이미 천마에 오르셨으니 상관없지 않소?"

"솔직히 잘 모르겠습니다. 올랐는지 안 올랐는지."

"……."

"치사하게 이러깁니까?"

"무공 교환을 신청하시려거든 합당한 대가를 지불하시오."

"뭐든 전부 다. 이 활도 드리겠습니다."

"……."

"안 알려주면 제갈세가 안 들어갈 겁니다."

"생떼 부리기요?"

"모릅니다. 됐고, 알려줄 겁니까, 안 알려줄 겁니까? 딱 그것만 말씀하시지요."

누라의 눈빛은 어떠한 가식도 없었다. 그녀는 그녀가 말한 대로 행동할 것이 분명했다.

피월려는 하는 수 없이 말했다.

"좋소."

"하핫! 하! 와~! 와~!"

누라는 그 자리에서 양손을 위로 뻗으면서 만세를 불렀다. 그 모습에 앞장서서 걷던 제갈극은 몇 번이고 무식한 년이라 욕했지만, 누라는 들은 척도 하지 않았다.

피월려가 말했다.

"하지만 나도 얻고 싶은 게 있소."

누라는 영혼이라도 내줄 것처럼 고개를 연신 끄덕였다.

"당장에라도 말씀하시지요. 간이고 쓸개고 뭐든 드리겠습니다."

"싸울 당시 내가 용안심공을 펼쳤음에도 화살에 맞는 횟수가 너무 많았소. 궁술만큼이나 용안심공에 취약한 것이 없는데, 어째서 검을 피하는 것보다 더 힘들 수 있단 말이오?"

"내공에 제약이 있지 않았습니까? 때문에 그 요상한 보법도 제대로 펼치지 못하셨고."

"그걸 고려하고 한 말이오."

"흐음, 그건 말입니다……. 아, 그나저나 묻는 게 늦었군요. 지금 상태는 어떻습니까? 내력이 돌아왔습니까?"

"봉마술은 구 할 이상 깨졌소. 곧 완전히 없어지겠지."

피월려의 대답에 누라는 시선을 하늘로 향했다.

"아, 그렇습니까? 다행입니다. 뭐 본론에 들어가면 복잡합니다. 천마에 이른 이유가 바로 그 용안심공을 상대하면서 얻은 깨달음 때문이 아닐까 어렴풋이 생각돼서……."

"설명하기 어려우면 제갈세가에 도착해서 정리해 말해주시오."

누라는 고개를 느리게 끄덕이다 갑자기 눈살을 찌푸렸다.

"그래야 할 것 같습니다만 헌데 가만 보니 제가 천마에 이른 그 핵심을 알려달라는 거 아닙니까? 아무리 용안심공이라지만 고작 심공 하나인데 진짜 제 밑천을 알려달라는 건 수지가 안 맞는 것 같습니다."

간이고 쓸개고 다 주겠다 하더니 갑자기 말을 바꾼 그녀를 보며 피월려는 미소 지었다.

"내가 무엇으로 천마에 이르렀다 생각하시오?"

"아······."

"서로의 밑천을 한번 드러내 봅시다. 입신을 위해서라면 뭔들 포기하지 못하겠소."

누라는 누구보다도 그 말에 공감했고, 때문에 크게 웃었다.

"하하하!"

"하하하!"

그 둘은 같이 웃었다.

그 대가가 무엇인지 상상도 하지 못한 채.

그렇게 이야기를 주고받으며 일각을 걸은 그들은 정확히 정오에 제갈세가에 당도했다.

『천마신교 낙양지부』 19권에 계속···

# 초대형 24시 만화방

신간 100%, 샤워실, 흡연실, 수면실(침대석), 커플석, 세탁기 완비

## ▪ 광명 광명사거리역점 ▪

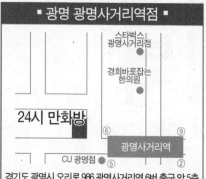

경기도 광명시 오리로 986 광명사거리역 6번 출구 앞 5층
02) 2625-9940 (솔목타워 5층)

## ▪ 강북 노원역점 ▪

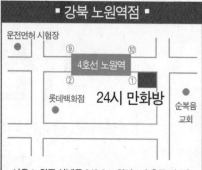

서울 노원구 상계동 340-6 노원역 1번 출구 앞 3층
02) 951-8324 (화용빌딩 3층)

## ▪ 일산 정발산역점 ▪

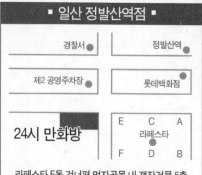

라페스타 E동 건너편 먹자골목 내 객잔건물 5층
031) 914-1957

## ▪ 일산 화정역점 ▪

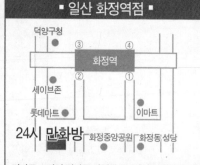

경기도 고양시 덕양구 화정동 984번지 서일빌딩 7층
031) 979-4874 (서일사우나 건물 7층)

## ▪ 부천 역곡역점 ▪

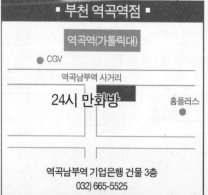

역곡남부역 기업은행 건물 3층
032) 665-5525

## ▪ 부평역점 ▪

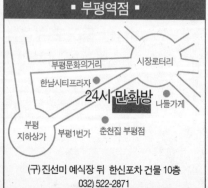

(구)진선미 예식장 뒤 한신포차 건물 10층
032) 522-2871

톱스타 이건우
크레도 장편소설
FUSION FANTASTIC STORY
열정만으로 성공하는 것은 아니다!
어중간한 실력으로 허송세월하던 이건우.
그의 앞에 닥친 갑작스러운 사고와 함께 떠오르는 기억.
'나는 죽었는데 살아 있어. 그건 전생? 도대체…….'
전생부터 현생까지 이어지는 인연들.
그리고 옥선체화신공(玉仙體化神功)…….
망나니처럼 살아온 이건우는 잊어라!
외모! 연기! 노래!
삼박자를 모두 갖춘 최고의 스타가 탄생한다!
Book Publishing CHUNGEORAM
유행이 아닌 자유추구 -
WWW.chungeoram.com

설경구 장편소설

# 저니맨
# 김태식

한 팀에서 오래 머물지 못하고
이 팀, 저 팀을 옮겨 다니는
저니맨(Journey man)의 대명사, 김태식!
등 떠밀리듯 팀을 옮기기도 수차례.

"이게… 나라고?"

**기적과 함께 그의 인생에 찾아온 두 번째 기회!**

"이제부터 내가 뛸 팀은 내 의지로 선택한다!"

**더 이상의 후회는 없다!**
야구 역사를 바꿔놓을
그의 새로운 야구 인생이 펼쳐진다!

Book Publishing CHUNGEORAM

FUSION FANTASTIC STORY 류승현 장편소설

# 리턴마스터

**2041년, 인류는 귀환자에 의해 멸망했다.**

최후의 인류 저항군인 문주한.
그는 인류를 구하고 모든 것을 다시 되돌리기 위하여
회귀의 반지를 이용해 20년 전으로 돌아갔다. 하지만……

**"어째서 다른 인간의 몸으로 돌아온 거지?"**

그가 회귀한 곳은 20년 전의 자신도, 지구도 아니었다!

**다른 이의 몸으로 판타지 차원에
떨어져 버린 문주한.
그는 과연 인류를 구원할 수 있을 것인가!**

Book Publishing CHUNGEORAM

유행이 아닌 자유추구 -
WWW.chungeoram.com

# 한의 韓醫 스페셜리스트

가프 장편소설

FUSION FANTASTIC STORY

**돌팔이 소리만 듣던 한의사 윤도.**

달라지고 싶은 마음에 찾아간 중국 명의순례에서
버스 추락 사고에 휘말리고 마는데……

구사일생으로 살아 돌아온 지 30일.
전에 없던 스페셜한 능력들이 생겼다?

**초짜 한의사에서 화타, 편작 뺨치는 신의로!**
**세상의 모든 질병과 인술 구현에 도전한다!**

Book Publishing CHUNGEORAM

유행이 아닌 자유추구 -
WWW.chungeoram.com